「いと尊きお方に
お会いできたこと、
私はこの喜びを表現する
言葉を知りません」
魔物の力を食べたオレは最強!
魔石グルメ 6
maseki gurume
mamono no chikara wo tabeta ore ha saikyou!

城内、とあるサロンにて
二人の服装は刺激的だったが、
時間が経てば互いに慣れるもので。
数十分は歓談を楽しんだ。
クリス
王族の専属護衛を務める秀麗なエルフ。少し抜けたところがある。
シエラ
エルフの里から長の名代としてやってきた。クリスの幼馴染。

クローネ
ハイム王国大公家の元・ご令嬢で、
現在はアインの補佐官を務める。
アイン
転生特典スキル【毒素分解EX】の果
てに、魔王へと進化した王太子。

「――怖かったです」
吐露された弱々しい感情がアインの胸を打つ。
「もう少しだけ、このままでいてもいいですか？」
「勿論、気が済むまで」

魔石グルメ

魔物の力を食べたオレは最強！

結城涼

ILL. 成瀬ちさと

6

maseki gurume
mamono no chikara wo tabeta ore ha **saikyou!**

口絵・本文イラスト
成瀬ちさと

装丁
coil

contents

プロローグ 005
幼馴染《おさななじみ》からの手紙 008
エルフの来訪 026
旅支度 059
彼女の生まれ故郷 068
ハイムと暗殺と 088
王の血脈 101
暗闇《くらやみ》の中にあって 131
聖域 143
祠《ほこら》の守護者 176
月夜の下で 251
動乱の前に 263
エピローグ 276
あとがき 287

maseki gurume
mamono no chikara wo tabeta ore ha **saikyou!**

プロローグ

円状の壁は余すところなく樹《き》で覆われている。

そこは気が遠くなる年月を経て育った大樹をそのままくり抜いて造られた屋敷の一室で、調度品は少なく、慎ましい内装をしている。

この部屋の中央に敷かれていた絨毯《じゅうたん》の上に腰を下ろす、一人の老婆が居た。

「獣が動いた、こう考えるべきでしょう」

古き時代、魔王アーシェが暴走したときのように。

「――――陛下の手紙、そして港町マグナの事件。これが偶然であるはずがありません」

彼女は諦《あきら》めた様子でこう呟《つぶや》いて、手元にある一通の手紙を見下ろした。

手紙に押されていた封蝋《ふうろう》は正に王家の印である。

彼女は返事をすることを躊躇《ため》っていた。実は何か月も前に届いていたのに、未《いま》だに返事をしていない。王家を相手に無礼極まる行いであるが、返事を先送りにしてきたのだった。

けれどもう限界であるし、彼女としても、これ以上待たせることは本意ではない。

「シエラ」

短く抑揚のない声で言うと、十数秒ほどの間を置いて部屋の扉が開かれる。

「お婆《ばあ》様、ただいま参りました」

そうして現れたのは一人の佳人だ。

「ええ。貴女《あなた》に頼みたいことがあるのです。まずは私の傍《そば》にいらっしゃい」

老婆の声に応《こた》えて、シエラと呼ばれた佳人が絨毯へ足を進める。彼女はやがて、老婆の前にやって来ると、片膝《かたひざ》をつくようにして絨毯に座り、老婆の言葉を待った。

「港町マグナの件は知っていますね」

「存じ上げております。初代陛下の別邸も被害に遭い、海の底に沈んだ凄惨《せいさん》な出来事でした」

シエラの言葉を聞いて老婆は頷《うなず》いた。

「我らエルフも無視できない事態です。ですからシエラには私の代理として、初代陛下の別邸へ足を運んでもらいます。理由は分かりますね？」

「我らエルフには初代陛下に返しきれぬ恩があるからです。それに、此度《こたび》の一件に心を痛めている同胞は数多くおります。だから私がお婆様の、長《おさ》の代理としてこの地を離れ、別邸の跡地で祈りを捧《ささ》げる必要があるのです」

長はシエラの返事を聞き、満足した様子で頷き返す。

「近いうちに戦士を連れ、正装を着て向かうのです。そして――――」

ここからが長にとっての本命である。

「帰りには私の代理として王都へ向かい、陛下に手紙を届けてほしいのです」

「承知致しました」

あくまでも厳かに返しながらも、胸中にはクリスの顔が浮かぶ。

久しぶりに会えると分かり、頬《ほお》が緩みそうになるのを抑えるのに苦労した。

「それと殿下にも招待状を届けてもらいます。是非、この地の最奥へ足を運んで頂きましょう」

その言葉を聞いて、シエラは驚愕《きょうがく》のあまり両手を床についた。

「お婆様ッ⁉　殿下を聖域へご招待するおつもりなのですかッ⁉」

片や長はシエラの驚きを前にして尚《なお》、さも当然と言わんばかりに冷静だ。表面上は顔色を少しも変えることなく、飄々《ひょうひょう》と。

また、肯定も否定もせずに新たな言葉を紡いでいく。

「今から戦士たちにマグナへ行くと告げてきなさい。私はこれより二通の手紙を認《したた》めます。必ずやそれを、王都へ届けるように」

「お婆様ッ！」

「話は以上です。さぁ、戦士の下へ行きなさい」

何度尋ねたところで欲している答えが届くことはない。

長の頑《かたく》なな態度を見て悟ったシエラは諦めた様子で居住まいを正すと、足を運んだ際と同じく、厳かな態度を以《もっ》て口を開く。

「――――承知致しました」

彼女はそう言ってから、静かに部屋を後にした。

部屋に残った長はシエラの後姿を見送り終えたところで天井を見上げ、目を伏せる。唇を弱々しく動かし。

「ジェイル陛下、どうかイシュタリカをお守りください」

虚空へと、押し殺した声で祈りを捧げたのだった。

幼馴染《おさななじみ》からの手紙

街路樹を彩る葉の色が少しずつ変わり、あるいは落葉しだした秋口のこと。ハイムとの会談からおよそ一か月が過ぎた日のことだ。

王都に届いた港町マグナの復興状況を聞いたアインは、それが順調だと知り胸を撫《な》で下《お》ろした。

ただ、依然として魔物を呼び寄せた犯人は見つかっていない。赤狐《あかぎつね》の犯行であることは確実だと思われるものの、少しの痕跡《こんせき》も残されていないことが今も不穏である。

そのため、一日も早く情報が見つかることを祈って止《や》まなかった。


朝食時。

日課の訓練を終えたアインが城内を歩いていると。

「――――あっ」

城に入ってすぐの場所、大広間に差し掛かったところで、何か手紙を持って頭を抱えているクリスの後姿を見つけた。

「クリス！」

「あ……アイン様、おはようございます」

彼女はすぐに振り返って、自慢の金糸の髪を靡《なび》かせる。

窓ガラスから差し込む朝日が横顔を照らし、絵になる微笑《ほほえ》みを彩った。相も変わらず人間離れした美を湛《たた》える彼女だが、アインに向ける甘えた表情はいつも可憐《かれん》である。

その証拠に、今日も小走りで駆けよってきた彼女は――――。

(どうしたんだろ)

予想に反して、今日は普段と違っていた。

若干のかげり……いや、戸惑いが入り混じっているように見える。

(聞いても大丈夫かな)

みだりに尋ねてもと思ったのだが。

結局、クリスが持つ手紙を一瞥《いちべつ》してから尋ねることに決めた。

「何かあったの？」

「あの……あったと言えばあったような……」

「よし、何かあったってことか」

少なくとも、深刻そうではない。

今のクリスは照れくさそうに見えるし、一大事に見舞われた様子ではなさそうだった。それを証明するかのように彼女が慌てて言う。

「わ、私の気持ちの問題なので！」

「気持ちの？　それって、求婚されたとか？」

「むぅ」

彼女は不満そうに唇を尖《とが》らせて、じとっと目を細めてアインを見上げた。

「だったらこんなに困ってません！　求婚なんて断れば終わる話じゃないですか！」

「ちなみに不機嫌そうな声の理由は……」

「もぉーっ！　知りませんっ！　アイン様が悪いんですからね！」

「ええ……ごめん」

正直なところ理由は分からなかったが、反射的に謝った。

クリスもアインの顔を見ればそれに気が付く。しかし面倒だと思われたくない乙女心もあり、平然とした様子で、それも軽々しく「求婚？」と聞かれたことは忘れることにした。

だから。

「来週、幼馴染が王都に来るんです」

と、気を取り直して言った。

「わざわざ大勢で港町マグナまで行ったみたいです。その帰りに王都に寄るって手紙に書いてありました」

「へぇー……何をしに行ってたんだろ」

「初代陛下の別邸の件だったみたいです。きっと長《おさ》が心を痛めてたんじゃないかと。エルフって普段は森に引きこもってますし、これ以外に遠出の理由が思い当たりません」

引きこもってるという言葉にはアインも苦笑してしまう。

でもエルフたちの生活ぶりは知っている。彼らは他種族との交流を全く持たないし、里から出てくることも珍しい。

だというのに外に出て港町マグナまで行ったというのだから、驚きだ。

「ん？」

しかし、アインには疑問が残る。

「クリスの幼馴染が来るってことは分かったけど、何が問題なの？」

「問題と言うほどじゃないんですが……もう何十ね――――こほん。何年も会っていないので気恥ずかしくて。はぁ……どうせ正装で城まで来るんですよ……無駄に仰々しく……」

仰々しくとはいったい？　尋ねるより先にクリスの疲労感を漂わせた表情を見てアインは再度、苦笑してしまう。

どうせいずれ分かることだ。

今は何よりも目の前のクリスを労《いたわ》りたい。

「とりあえず朝ごはん、一緒に食べよっか」

こう言って、王太子アインは彼女の肩に手を置いた。

◇◇◇

夜空を彩る星々の並びが夏に比べて少しだけ違うような気がした。

毎日しっかりと見比べていたわけでもないし、あくまでも何となくだ。と、アインはこんなことを考えてから、眺めていた窓の外からサロンの中に視線を戻す。

面前のソファに座るシルヴァードが口元に運んだグラスをテーブルに戻すまで、静かに待った。

「エルフたちの動きが少し気になる」

と、シルヴァード。

「余がわざわざアインを呼んだのもそれが理由だ」

彼もクリスに届いた手紙のことは聞いている。

そして、中身についてもアインより詳しく報告を受けていた。

「てっきり、歓談でもするのかと思ってました」

「それも悪くないがな。とはいえ、この件はアインも関わっているから話しておきたい」

「俺が？」

「ああ、これには旧魔王領が関わってくる」

今の言葉を聞いてアインが居住まいを正した。

「エルフの長についてどれぐらい知っている」

「いえ、全く聞いたことがありません」

「ではそこから話すとしよう。エルフ族の長だが、初代陛下のお傍《そば》にいたことがあるのだ。あの大戦を生き延び、エルフの中でも特に長寿の個体として現代まで生きてきた」

「ッ────初代陛下が居た時代から!?」

「驚くのも無理はない。さっきも言ったが、彼女は特に長寿なのだ」

それにしても五百年を超す年月だ。さすがのアインも、初代国王ジェイルを見たことのある者が生き残ってるなんて思いもしなかった。

「ここでエルフたちの動きが気になると言った件に戻る。伝えてなかったが、余は数か月前にエルフの長へ手紙を送っていたのだ。旧魔王領、そして初代陛下の二つの単語の関係性について、何か知っていることはないか、とな」

「魔王城の墓石については触れていないんですね」

「当然だ。知らなければそれでよいし、知っておるのなら聞きたかっただけだからな。しかし余は確信している。エルフの長ならば何か分かるはずだと」

シルヴァードの確信はもっともだ。

実際、初代国王の傍にいたのなら知らないはずがない。彼が旧魔王領の出身で、魔王アーシェと家族だったことを知らない方が不自然だ。

「初代陛下の出自について、現代には少しも資料が残ってません」

とはいえ今回は話が違う。

「が、実際に見てきた方なら知っていると思います」

「だろう？　故に余は手紙にて探りを入れたのだ。初代陛下が意図的に消してきたであろう情報についてな。────しかし」

結果は思い通りにいかず。

彼の頭を悩ませるだけになった。

「長め、余に一切の返事を寄越《よこ》さんのだ。だというのに唐突に初代陛下の別邸跡へ行き、その帰りに王都へ寄るだと？　はっ、これがエルフでなければ、王族令でも使って呼び出したところだ！」

シルヴァードがそれをしないのには理由があった。

「だが、余がそれをするのは憚《はばか》られる」

これはエルフ族がイシュタリカでも特殊な立場にある理由の一つだ。遡《さかのぼ》ること数百年前、エルフがイシュタリカの民に加わった頃《ころ》の話で。

（確か……）

アインも学園に通うようになってから知った話だ。

それは、森の民エルフが忠誠を誓ったのは初代陛下に対してであって、イシュタリカという国家にではないということ。

加えて長の爵位はイシュタリカで唯一の大公である。

だから王族や貴族も、口うるさく更なる恭順を望んだことはなかったのだ。

「エルフ族の初代陛下への多大な寄与は記録にある通りだ」

「確か、戦後の復興などで活躍したんでしたか」

「その通りだ。今でも自治区と言っても過言ではない体裁を保てているのもそれ故なのだが……どうしたものか」

手紙への返事に迷っているとは考えにくい。

だったら初代国王の別邸へ先に行くことはしないだろうし、それなら手紙を無視しているのか、シルヴァードが考えたように少し気になる動きに思えてならなかった。

「シス・ミルに今一度使いを送るべきかもしれんな」

「お爺《じい》様、シス・ミルというのは」

「アインが知らぬのも無理はないな。これは古いエルフの言葉で『銀と翠《みどり》』を意味している。今ではかの地に住まうエルフたちか、近くの辺境都市くらいでしか使われぬ呼び名よ。エルフが住まう森や集落、それらのことを表しているのだ。クリスから聞いたことがなかったか？」

「なかった気がします。エルフの里、って何度か話していたことはありますが」

「その呼び方も間違いではない。シス・ミルと呼ぶ方がエルフとしては好ましく思うだろうがな」

「なるほど、ではそう呼ぶことにします」

ここで閑話休題。

もう一度グラスを手に取ったシルヴァード。同じく冷たい水を口に含んだアイン。

建国の秘話を知る者同士、今までの話の面倒くささに辟易《へきえき》しつつあった。何でもいい、エルフの長が一通でも返事をくれていたら話は違ったのだが。

「実は赤狐と繋《つな》がりがあった、とは考えられませんか？」

「余も同じことを考えたことがある」

「では――――ッ」

一度しっかり調べるべきだと言おうとした刹那《せつな》。

「しかし、それだけはあり得ん」

シルヴァードは首を横に振る。

「赤狐がシス・ミルに足を踏み入れることは敵《かな》わん。シス・ミルに聖域がある限りはな」

「何ですか、その凄《すご》そうな場所は」

「一切の外敵を払ってきた特別な場所だ。シス・ミル中を外敵から守るほど強力ではあるが、実は一つだけ難点があってな」

「え」

「強力すぎて外部からの魔力が届かぬのだ」

「それって、メッセージバードが使えないってことですか？」

シルヴァードはすぐに頷《うなず》いた。

シス・ミルに足を踏み入れたが最後、もう連絡する手段は人力しかない。

これはシルヴァードが直接目で見たわけではないが、以前、研究者たちが実際に調べたことのある情報だそう。

ウォーレンも知る話らしく、アインに対して強い説得力があった。

「何はともあれ、赤狐との関係はなかろう」

もっとも、エルフの動きが気になるという事実は変わらないが。

ひとまずは。

「奴らが王都に来るのを待つ。そこで余に何も言わなければ直に尋ねればよいさ」

ここで出来ることはそれだけだ。

と、様子を見ることに決めたのだった。


一人サロンを出たアインは自室へ向かいながら、港町マグナのことを思い出した。

もう一か月ほど前のことになるか。

あの日、アインは魔王になってからはじめて、人知を超越した力を行使した。同行したロイドたちを驚かせてしまったことも鮮明に覚えている。

「それにしても、元気そうでよかった」

アインは懐に手を差し込んで、拙い字で書かれた手紙を取り出す。これはつい先ほど、エルフのことを話す前にシルヴァードから受け取った手紙だ。差出人はアインが港町マグナで救った少女で、中にはたくさんのお礼の言葉が書かれていた。

彼女が元気だと知り、本当に良かったと実感する。

だからこそ。

――エルフの長は何を考えてるんだ。

それが気になって仕方ない。

聖域があるから赤狐との関係はあり得ないとシルヴァードは言ったが、それでも、敵か味方かを気にしてしまうほどには疑念が消えない。

「マルコ……貴方《あなた》が居てくれたら……」

旧魔王領、魔王城にて戦ったリビングアーマーのことを考えた。

彼がまだ生きていれば、きっと頼もしい味方になっていたはずだ。彼は命の灯《ともしび》が消えるその瞬間まで、イシュタリカへの忠義を失わなかった忠臣だ。今回のエルフの長のことも知っていて、仲介役になってくれただろう。

思わず哀愁を抱くと不意に。

トン、と胸が軽く揺れた気がした。

「――」

もしかしたら勇気付けてくれたのか？

そんなはずはないと分かっていたが、なんとなく、口元が緩んでしまう。

アインは到着した自室のドアノブに手を掛けて、シルヴァード同様に「まずは様子見かな」とため息交じりに呟《つぶや》いて、中に入る。


魔道具の灯《あか》りを点《つ》けて、若干の疲れを抱えたままにソファへ座り込む。

深々と、沈むクッションに逆らわず身体《からだ》を委ねた。

(どうしよ)

眠いような、まだ眠くないような、微妙な気分だ。

かといってやることがあるかと言うと無いし、手持《ても》ち無沙汰《ぶさた》。勉強をする気にもなれない不思議と気だるい気分。

色々と考えすぎたからかもしれない。

何か読書でもしようかと決めた瞬間のことだった。

コン、コン。

アイン自身も可笑《おか》しな表現だと思ったが、気品を感じるノックの音が部屋に響き渡った。まるで来訪者の人となりを表したような、上等な歌劇を聞いたあとに似た余韻を孕《はら》んだ音だ。

「どうぞ」

と答えると。

「こんばんは」

今度は鈴を転がしたような軽やかな声が聞こえてくる。

現れたのは、甘い香りを纏《まと》ったオリビアだった。

「少しお話ししませんか？」

彼女は湯上りなのか、首筋と胸元がほんのりと火照っている。身体の凹凸がよく分かる服装は生地が薄くて、油断すると下着まで透けてしまいそう。

湛《たた》えんばかりの艶《つや》を前にして、アインは返事をするより前に視線をそらしてしまう。

すると彼女はそんなアインの隙をついて、暗殺者もびっくりの早業で近づいた。

「すっ……すごい近いですね」

「そう？　このくらい近い方が私は好きですよ」

近づくや否や、オリビアはソファに座っていたアインの背もたれの方から、彼の首元に両腕を回して抱き着いてしまった。

言いたいことは分かるのだが、それにしても近すぎやしないだろうか。

肩甲骨に押し当てられた温かくも柔らかい感触。

アインの頬《ほお》を撫《な》でた彼女の髪の毛から漂う香気が脳まで溶かしてきそう。耳元で一瞬だけ聞こえた「ふぅ……」という短い吐息も煽情《せんじょう》的である。

「アインとお話ししたかったから来ちゃったんです。忙しかったですか？」

別にいつ来てくれたって構わない。

ただ、できれば耳元で話すのはこれくらいにしてほしい。とりあえず苦笑してみせてから「大丈夫です」と答えると、オリビアは「良かった」と安堵《あんど》した。

「最近はゆっくり話せませんでしたから」

「言われてみれば確かに。俺もお母様も忙しかったですもんね」

「特に最近のアインは忙しかったですものね」

「……港町マグナのことがあったので」

「ええ、そうですね。……あれは痛ましい出来事でしたもの。アインが居なければ、更に多くの命が失われていました」

「俺が助けることが出来たのは、お爺様が許可してくださったからですよ」

「いいえ、誰《だれ》よりも頑張ったのはアインです」

彼女が聖女と名高い理由の一つ、慈愛に満ちた声でアインを称《たた》えた。

放たれる包容力がアイン以外に与えられることは決してない。すべてを委ねたくなる、圧倒的な愛念の塊だ。

さっきまでの気だるさが嘘《うそ》のように消え。

今すぐにでも寝られそうな安心感に包まれていき。

「くすっ」

すぐに気が付かれて笑われてしまう。

「大きくなってもアインはアインですね」

そう言ってから。

彼女はふと、思い出したように口を開く。

「根を出せるようにはなりましたか？」

「自分の意思でってことなら、実は試してなかったです」

ドライアドとしての成人は根を張れるようになってから。

身体から根を出せたのは確か……。

そうだ、冒険者の町バルトから帰って来てから、マルコと戦うことになる前だ。

思えばあれから、一度も根を張れるか試そうとしたことがない。それどころではないくらい色々なことがあったからだ。

「根ってどうやって出すんですか？」

「考えるだけですよ。何も難しいことはありません。私たちはドライアドなんですから、根を出せて当然っていう想《おも》いでいれば出せるんです」

「……なるほど」

さっぱり分からん。

生まれながらにドライアドとしての意識があれば違ったのだろうか。

ひとまず目を閉じてみる。

（根っこ……根っこ……）

はじめて根を張った日を思い出す。

何とかして出せないものかと時に唸《うな》り、眉《まゆ》をひそめたりしてみたが……。

（そもそも俺、あの日も自分の意思で出したわけじゃないや）

大前提から崩れ去り、思わず自嘲《じちよう》を漏らす。

おおよそ諦《あきら》めたところで。

「アインは根が無くても強いし、毒素分解ＥＸで魔力も吸えちゃうから、それで根を出さなくてもいいって身体が判断してるのかもしれませんね」

諦めを察した彼女の気遣いが身に染みた。

いずれ出せるさ。

アインは根を張ることを完全に諦め、気を取り直して背後のオリビアに顔を向ける。

「寝る前のお茶なんていかがですか」

オリビアは言うまでもなく、満面の笑みと共に承諾した。

久しぶりに語らう夜は、日が変わるまでつづけられた。

この日のアインがいつもより深く眠ることが出来たのは、決して気のせいではない。必然と言うべきほど当たり前のことだったから。

◇　◇　◇

翌日のアインは城下町で公務にあたっていた。

町を移動中の馬車の中。

アインの隣に座るクローネが軽く腰を折り、アインを見上げながら、若干言いづらそうに、遠慮がちに口を開いた。

「少しいいかしら？」

距離が近いからか彼女の色艶《いろつや》のいい唇と、長い睫毛《まつげ》が一本一本までよく見えた。そしてその奥に秘められた宝石によく似た紫水晶《アメジスト》色の瞳《ひとみ》に注目してしまう。銀と蒼玉《サファイア》が入り混じった絹のような髪が、ころん、と小首を傾《かし》げたところで滑らかに靡《なび》く。

「どうかした?」

「ええ、クリスさんのことが気になっちゃって」

それを聞いてアインは察する。

昨日《きのう》の今日だが、今のクリスはそわそわして落ち着きがないように見える。いつもは馬車の中に一緒に座るのに、外で馬に乗って警護にあたっているのも関係している気がした。

さて、どうやらクローネはクリスの幼馴染《おさななじみ》の件を知らないらしい。だが今のアインの反応を見て距離を詰めてくる。

「何か知っているの?」

「知ってるよ。なんか幼馴染が来るんだって言ってた」

「幼馴染……?」

「そ。エルフの里に居た幼馴染が来るらしい」

「シス・ミルのエルフがわざわざ王都に来るなんて、珍しいわね」

当然と言えば当然だが、クローネはシス・ミルという呼び名を知っていた。

「初代陛下の別邸まで行った帰りに王都へ寄るんだってさ。仰々しくやって来そうだって、クリスはちょっと頬を引《ひ》き攣《つ》らせてたよ」

「仰々しいって、エルフの人たちがってこと?」

「そうらしい。俺もよく分かってないんだけどさ」

「でも、どう仰々しいのかしら。私も気になってきちゃった」

「え、クローネも分からないなんて珍しいね」

「もう……私を何だと思ってるのかしら」

彼女は唇を尖《とが》らせたが、決して不満そうではない。

甘えに似た一面が垣間見《かいまみ》え、仕方なさそうに微笑《ほほえ》んでいた。

不意に馬車が軽く揺れたことで、二人の距離は益々《ますます》近づく。されど互いに緊張することも照れることもなければ、ごく自然であるかのように振舞い、話をつづけた。

「アイン様には何も言いませんようにアイン様には何も――」

魔王化以降、以前にも増してよく聞こえるようになったアインの耳に届いたクリスの声。

幼馴染が昔の自分の恥ずかしい過去を言いふらさないか、というのも今のそわそわしている理由なのだろう。

思わず苦笑した彼を見て、クローネがきょとんとした。

「急に笑ってどうしたの？」

「何でもないよ。別に大した話じゃないからさ」

恐らくだが、流行《はや》り病の際の脱走騒動以上に恥ずかしい話はないと思う……と、言い切れないのがクリスというエルフだ。

「ふぅん、教えてくれないのね」

「あの、俺の太ももに手を伸ばして何を？」

アインが一人で笑っていたことが気に入らないのか。

クローネの指先がアインの太ももの上で爪を立て、羽根が掠《かす》めるような優しい動きでくすぐってきた。

「少しくすぐったいかも」

「当たり前よ。そうなるようにしてるんだもの」

「ええ……開き直っちゃうんだ……」

「ダメなら仕返ししてもいいのよ」

つまり、太ももに。

アインは制服の黒いスカートから覗《のぞ》く足元を一瞬だけ見てから、クローネの顔を見た。一瞬でもまじまじと見てしまったことに対し、してやったりと彼女が悪戯《いたずら》っ子のように、挑発してくる。

「急に止まっちゃって、どうしたの？」

「いや……ほら」

さすがにそうして触れることは憚《はばか》られる。

ハイムとの会談の際には海岸で口づけを交わしそうになったのだし今更ではある。とはいえ時と場合があると心の内で言い訳をして、そっぽを向いて窓の外を見ていると。

隣に座るクローネは軽く身を乗り出し、アインの横顔に顔を近づけて。

「ふふっ、紅《あか》くなっちゃった」

ほのかに照れて紅くなったアインの頬《ほお》を、つんっと、軽くつついてみた。

エルフの来訪

シルヴァードもアインもいつも通りに一週間を過ごした。

エルフの動向は気になっていたが、公務がある。ついこの前の夏にハイムとの会談を終えたばかりで、港町マグナの騒動も重なり仕事に事欠かない日々を送ってきた。


そして、今日。

イシュタリカ最大を誇るホワイトローズ駅が、王都の中心を走る大通りが騒然としていた。日常を逸した騒々しさと、人々の関心が引き起こす人だかりによるものだ。

その様子を自室のバルコニーから眺めていたアインは口を開き、感嘆していた。

「……すご」

見ていたのは大通りを歩くエルフたちの姿だ。

彼らは民衆の視線を一身に浴びて尚《なお》も寡黙。

人数は数十人ほどで決して多くない。縦に並び進む様子は騎士の行進にも似ているが、容姿や服装も相まって幻想的で、厳威だ。

縦長の列は前後に戦士と思しきエルフが立つ。

服装は革で造られた鎧《よろい》や編み込んだ靴。背中に背負った大弓と腰に携えた細剣が特徴的で、一様に、長い髪の毛をオールバックにまとめた姿は精悍《せいかん》の一言に尽きる。

また、中頃《なかごろ》に立つ戦士たちは旗を胸の前で掲げていた。

そこで誰か、旗を持った戦士に守られるように歩いている者が居るように見えた。

あそこに居るのがエルフの長だろうか？　アインはそう予想をしたが、中央は周囲を歩く旗持ちの戦士たちにより窺《うかが》えない。

「――――よし」

そろそろ俺も行こう。お爺《じい》様が待つ謁見《えっけん》の間へと。

城内では普段持ち歩かない黒剣を腰に携えてバルコニーから部屋の中に戻り、ソファに掛けておいた外套《がいとう》を乱暴に取って、袖《そで》を通す。

もしもエルフが何かをしてきたら――――。

いざとなったら、シルヴァードに伺いを立てることなく剣を抜く。

たとえクリスに悲しまれることがあろうと、家族を守るために剣を抜くと心に決め、最後に頬を軽く叩《たた》いてから部屋を出た。

◇　◇　◇

その強い決意と共に部屋を出たはずだった。

エルフたちが城に足を踏み入れて、謁見の間にやってくるまでの時間で更に気を強めたくらいだった。

だっていうのに、どうしたものか。この状況は。

「いと尊きお方にお会いできたこと、私はこの喜びを表現する言葉を知りません」

シルヴァードの横に立っていたアインに対し、足を運んだエルフの女性が膝《ひざ》を折ってこう言ったのだ。先に国王へ膝をついて挨拶《あいさつ》することもせずに、アインを優先して。

「む…………むぅ……」

いくら国王シルヴァードと言えどこの状況は予想しておらず、この不敬を前にして困惑した。

今まで少し警戒していたというのに、なんだこの状況は……と。

この場に同席していたのはロイドとウォーレン、そしてクリスなのだが、三人も同じく言葉に困っている様子だ。

しかし。

「どうして俺に頭を下げたんだ。俺よりも先に、陛下に下げるべきだ」

一方、アインはまだ強く言えるだけの余裕があった。

まずは自分の前に膝をついた女性を睥睨《へいげい》し、そのあとで、彼女と共にやってきた戦士たちを鋭い双眸《そうぼう》で射抜く。

一目見て分かったが、戦士たちは近衛《このえ》騎士に並ぶかそれ以上の猛者《もさ》のよう。

だが彼らはアインを前にして、感じたことのない迫力に息を呑《の》む。

「恐れ多くも、いと尊きお方に申し上げたいことがございます」

と、女性が怯《ひる》まず口を開いた。

ここでアインは落ち着いて彼女を見る。彼女もエルフだからなのか、目を見張る容姿をしてた。

少し硬そうな印象を受ける顔立ちで、高潔さを感じさせる佳人だ。

女性のエルフが着る服装は少し露出が多いが、ショールを羽織った姿には気品がある。

「我らエルフは初代陛下に忠誠を誓っている種族です。初代陛下の血脈であらせられる王家の方々への畏敬《いけい》の念を失ったことはございません」

「では何故《なぜ》、陛下の前に俺に頭を下げた」

「王太子殿下がドライアドであらせられるからです」

「……は？」

「自然と共に生きる我らエルフは、ドライアドの御身に大いなる敬意を抱きます。そのために、先ほどのようにお声がけさせて頂いた次第でございます」

国王を差し置いて、不敬極まる発言である。

されど堂々と言い切った彼女を前に、アインはつい苦笑してクリスを見た。

彼女は申し訳なさを極めているのだろう。顔は真っ青で、今にも私が責任を取りますと言いそうな表情を浮かべている。

この状況はアインも本意ではなく、ため息を漏らしてから口を開く。

「俺はそれを望んでいない。陛下への敬意を払えないのなら、エルフの敬意を受け取る気にはなれない」

敢然と言い切った。

目の前のエルフが怖《おじ》けずにアインを見ること、十数秒。

「…………お心を害したことをお詫《わ》び致します」

彼女は左胸に手を当て、再度、深々と頭を下げた。

「ああ、もう構わない。長《おさ》がいるから言っておきたいんだが、これからも、俺ではなく陛下を優先するようにしてくれ」

「――――」

彼女が当ての外れたような顔を見せた。

「申し遅れてしまいました。私はシエラ、長の孫娘でございます」

「え……ま、孫……？」

「私のご報告が欠けていたことも併せてお詫び致します。長は高齢ということもあり、もう、屋敷を出ることは滅多にございません。私は名代として参ったのです」

嘘《うそ》を言っているようには見えなかった。

凛《りん》として動じず、瞳《ひとみ》は些《いささ》かも揺れていない。

アインがシルヴァードに視線を送ってみると、どうやらシルヴァードは彼女が長ではないと分かっていた様子だ。

ただし長が来ていないことは知らなかったようで、目を細めてヒゲを撫《な》でている。

「陛下、先ほどの不敬をお許しください」

「構わん。余はアインほど気にしておらぬのでな。して」

「存じ上げております。陛下はきっと、長の回申を欲しておられると」

「では、持っておるのだな」

「ええ、ございます」

謁見の間が困惑に包まれた。

城で待っていた者たちもエルフたちも、二人が何を語り合っているのかが分からず、疑問符を浮かべていた。

兼ねてより長の不可解な動きが気になっていたアインとシルヴァードだが。

（戦士たちはお爺様の手紙のことを知らなかったのか？）

知っているのはシエラだけのようだ。

一方のシエラは周囲の困惑に応《こた》えず、懐から一通の封筒を取り出す。

「私がお預かり致しましょう」

そう言ってウォーレンが手紙を受け取ると、彼はシルヴァードと目配せを交わす。普段ならウォーレンが先に確認して当然の手紙を、今日はシルヴァードが「余に」と促した。

「…………」

沈黙。

圧倒的な沈黙だけが漂った。

文字を目で追うシルヴァードが一身に注目を集める。差し込む光で出来た柱の影がアインの頬《ほお》を掠める。

「確かに受け取った」

顔を上げたシルヴァードからは、先日のような警戒心は窺えない。

代わりに、何かに悩んでいる風に見えた。

「シエラと言ったな。お主も内容は知っておるのか」

「存じ上げております」

「なればよい。この件は王太子と話してから答えるとしよう。さて、エルフの諸君はどれぐらい王都に滞在できるのだろうか？」

「二日間と決めておりました。あまり里を空けるのも本意ではございませんので」

「では明後日《あさって》にはシス・ミルに帰るということであるな」

それを聞いたシエラが深々と頷《うなず》いて応えた。

「ウォーレンよ」

「はっ」

「皆の部屋を用意せよ」

これは、エルフを歓迎することにしたということだ。

（お爺様は、脅威ではないって判断したんだ）

城内に部屋を用意される者ならば、少なくとも敵ではない。

先ほどの手紙がそう判断させる要因だったことは分かる。だからアインは手紙の内容に強く興味を引かれ、それが聞ける時間を今か今かと待ちわびた。

◇　◇　◇

日が傾いてきた頃、アインは執務室にある椅子の上で、大きく身体《からだ》を伸ばしていた。

「疲れちゃった？」

「昼から仕事詰めだったし、クローネもそろそろ疲れてきたんじゃない？」

「私は……そうね。私も少し目が疲れてきてるみたい」

クローネは指先で目元を揉《も》んだ。

ずっと書類仕事に集中していたこともあり、そろそろ休憩でも、という気分になってくる。アインは立ち上がろうとしたクローネの肩に手を置いた。

彼女は執務室を出て、飲み物や軽食を取りに行こうとしていたのだ。

「もう、どうしたの？」

「飲み物とかは俺が貰《もら》ってくるよ。エルフの人たちのこともあるし、マーサさんも給仕も、まだ忙しいと思うしさ」

「そんなの私が行ってくるのに……」

「いいって。クローネは先に休んでてよ」

優しい穏やかな瞳を向けられて。

彼の厚意を無下にする無粋をクローネは嫌った。

「甘えちゃってもいいかしら？」

「いつだって気にせず甘えてくれた方が嬉《うれ》しいかな」

手を振って、アインは執務室を後にした。

廊下に出るといつもと違い、城内が賑《にぎ》やかで、少しだけ慌ただしい。

急に数十人が泊まることになったのだから仕方のないことだが。

「お爺様に届いた手紙って、何なんだろ」

執務中も気になって仕方がなかった。

でもシルヴァードはアインと話す時間を持つと口にした。恐らく今のシルヴァードは、自室などで手紙を見つつ、長の真意を探っているのか、あるいは別のことを考えているのだ。

一つ胸を撫で下ろせたのは、エルフへの警戒心を解けたことだろう。

とはいえアインはまだ油断することもなく、黒剣を腰に携えているという矛盾もあったが。

「いっそのこと、俺からお爺様の部屋に……ってのは迷惑か」

結局、待つ方がいい。

考えをまとめたところで下の階への階段に差し掛かる。

するとだ。


「――――ぜ、絶対にダメだから！」

下から聞こえてきたのは、必死さの宿ったクリスの声だ。

アインは思わず近くの陰に隠れて覗《のぞ》き込んだ。

「私が子供の時のこととか全部！　ううん！　私が王都に来る前の話は全部内緒にして！」

「どうして？」

次に聞こえてきた声は。

（シエラさんか）

日中に謁見《えっけん》の間で相対したシエラのものだった。

「殿下なら楽しそうに聞いてくれると思うわよ」

「私が恥ずかしいでしょ⁉」

「そうかもしれないわ。でも、殿下が楽しいお気持ちになってくださるの。こう考えたら、自分の羞恥心《しゅうちしん》なんて些細《ささい》なものだって思わない？」

「そうかもしれな……あー！　笑ってる！　私が迷ってるからって笑ってるじゃない！」

シエラはもっともらしいことを言いながら、口に手を当てて笑っていた。

「相変わらずなのね、クリスって」

「……相変わらずって？」

「内緒。でも安心した。何年も会ってなかったし、元気そうな顔を見られて良かったわ」

「手紙は送ってたのに」

幼馴染《おさなじみ》だから連絡していたのかとアインは思ったが。

「馬鹿なの？　手紙なんて、十年くらい前に一通だけ貰ったっきりよ」

この返しを聞いて頭を抱えた。

何が「手紙は送ってたのに」だと、どうして当たり前のように言ったのかと。

(これぱっかりはシエラさんに同情しちゃうって)

ため息まで漏れる始末だ。

二人の仲は決して悪くなさそうだし、それどころか、クリスの無防備な受け答えには気の置けない関係性が窺《うかが》える。

だったら、手紙くらいもう少し送ってあげてもいいのではなかろうか。

たとえ長寿のエルフであってもだ。

「一通だけでも送ったのは確かじゃない……！」

「分かったわ。十年に一通だけの連絡が普通って言うのなら、殿下にも聞いてみるから」

聞かれても返事は決まっている。

（普通じゃないよ）

と。

「アイン様に聞くのはずるいでしょ！」

「ずるくないわ。ご意見を賜りたいだけよ」

「む……っ！」

不満に唇を尖《とが》らせたクリスだが、アインには何のフォローも出来ない。むしろシエラの味方になることを前向きに検討しているくらいだ。

だがやがて、声が聞こえなくなってくる。

どうやら二人は何処《どこ》かへ行ってしまったようだ。

「とりあえず、飲み物とかを貰いに行かないと」

それで後日もし、手紙のことを尋ねられた際にはこう答えよう。

さすがに十年に一度は少なすぎるよ、と。

◇　◇　◇

翌朝、訓練場に轟《とどろ》く金属音が空を裂いていた。

陽光が目にもとまらぬ剣閃《けんせん》に反射して、二人の周囲がダイヤモンドダストのように煌《きら》めいている。頬《ほお》まで届く鋭い風、加えて衝撃のたびに届く地響き。二人の訓練を見つめていたエルフの戦士たちが目の前の光景に言葉を失っていた。

「ぬぅ……ッ！」

煌めきが一方に寄っていくと、その方向に居たロイドが眉《まゆ》をひそめた。

「また一段と腕を上げられたご様子だッ！」

押されるままだが言葉に宿る覇気は消えていない。

ロイドの剛腕は膨張し、滾《たぎ》る血液を更に流し込み血管を浮かべていく。一層高まった渾身《こんしん》の一撃を、目の前の少年へ振り下ろすために。

「我が大剣のありったけ……お受けくださいますかなッ！　アイン様ッ！」

見ていたエルフの戦士たちはロイドの正気を疑った。いくら訓練用の剣であっても、直撃したらアインは軽傷では済まない。

だが、城の騎士からすれば、彼らの胸中を察するのは容易だ。

それにロイドの本気も近頃《ちかごろ》は見慣れた光景である。

「受けるよ、ロイドさん」

これまで剣を振っていたアインが、脱力した構えでそこに居た。

ニヤリと不敵に笑うロイド。

神速で、龍の突進が如《ごと》く一振りを放つも。

「ハッハァッ！　やはりそうなりましたなァ……ッ！」

ロイドの巨躯《きょく》から振り下ろされた大剣を見て、アインは剣を横に構え、直立不動で受け止めていた。

すると、鍔迫《つばぜ》り合《あ》いで生じた火花が散り。

二人を中心にして、衝撃波が波及していく。

「ぬぅうおおぉぉおおおお……ッ」

腕を更に膨張させたロイドが力を籠《こ》めると、ついにアインの身体《からだ》が押されていくが、体勢は決して崩れず、あくまでも、体重差によるものだという印象が漂う。

やがて――――。

ふっ、と、ロイドの腕から力が抜けた。

「これは……ッ」

膂力《りょりょく》を使いすぎて、筋肉が緩んでしまったのだ。

距離を取り体勢を整えようとするも。

「逃がさない――――ッ！」

アインがその隙を逃さず、剣を勢いよく押し返す。

大きな金属音の後で、ロイドの上半身が勢いよく跳ね返った。

だが、ロイドもまた元帥。

イシュタリカ最強の騎士である。

「させぬ……ああッ！　させませんともォッ！」

強引な動きには技もない。

　振り絞った力任せの体技で膝《ひざ》を折り、剣を上段に構えて横に向ける。そこに、アインの一閃が遠慮なしに迫る。

「ぬぉ……ぬぉおおぉぉ……ぁぁぁ……ッ！」

　唸るロイドの前に立つアインは確かに筋肉質である。細身で太い筋肉があるわけではなく、磨き、余計な肉を削《そ》いだ身体つきだ。

　そのアインから放たれた衝撃波はロイドの上をいっていた。

　もはや決着もつく。

　皆がそう思っていた矢先のこと。

「わっ――――っとと……！」

「むっ⁉」

　二人の剣が、前触れなしに砕け散った。

　ガラス窓に小石を投げつけたように、粉々に散ってしまった。

「やれやれ、やはりこうなりましたか」

「もう難しいってばロイドさん。こんなの、特別に剣を造ってもらわないと絶対に壊れるし……」

　これまで何度も立ち合いを重ねて来たのだが、常にこの結末であった。

　二人の膂力と衝撃に耐えきれず、剣が先に音を上げるのだ。

　互いに苦笑いを浮かべ、肩をすくめる。そうしていると、エルフの戦士たちから両者を称《たた》える拍手の音が届く。

「……あ、ありがと」

ただの訓練に拍手なんて気恥ずかしい。

軽く手を振って応《こた》えると、アインは近くの椅子に置いていたタオルを手に取った。

「剣でも負ける日はそう近くなさそうですな」

「ん、剣でもってどういうこと？」

「スキルを使われたなら、私ではとうにアイン様に敵《かな》いませぬ。故に今の訓練です。剣ならばアイン様にお教え出来る業があると思っていたのですが、それも残りいくばくかのご様子だ」

「……そんなことないと思う。俺の剣はロイドさんにクリス、二人みたいに洗練されてないし」

「ご謙遜《けんそん》を」

「謙遜じゃないって。そこまで自惚《うぬぼ》れてないよ」

かと言って、剣以外で勝てる件については否定しない。

あまり自分の力を誇らないアインにしてみれば珍しかったが、これは決して意図的ではない。純然たる自信から来るものだろう。何にせよ、剣の師を務めてきたロイドからすれば誇らしいことである。

「そういえば」

今はエルフが居ることもあってか、不意にとある疑問が脳裏を掠《かす》めた。

「セレスさんって、ロイドさんよりも強かったって本当？」

「む、アイン様から聞くとは思わんかった名ですな……いったい誰《だれ》から聞いたのですか？」

「誰から聞いたかは秘密にしとく」

「ふむ、確かに軽々しくは語れぬ話題ですからな。情報提供者については、私も聞かないでいた方がよさそうだ」

　となれば、アインはシルヴァードの第一子であるルフェイのことも知っている。

　察しながらも、ロイドはそのことに触れなかった。

「私の生涯において、一太刀《ひとたち》も浴びせられなかったのは、あの人ただ一人です」

「――――ロイドさんが一太刀も？」

　ロイドは悔しさを孕《はら》んだ苦笑を浮かべて頷《うなず》く。

「霧のように消えたと思えば、激流のような剣戟《けんげき》が前後左右、そして上下からやってくる。あんな技は他に見たことがございません。今の私が立ち合ったところで、一太刀も浴びせられないのは変わらぬことでしょう」

「強いとは聞いてたけど、そんなに強い人だったんだ」

「それはもう。私が何人いても敵わぬでしょうな」

　できれば一度でも彼女の剣を見たかった。

　叶《かな》わぬ願いを抱いたアインは、頬《ほお》を伝う大粒の汗を袖《そで》で拭《ぬぐ》う。

　話している内に、汗で身体が冷えてきていた。

「午後からもご公務がございましょう。そろそろ湯を浴びてきては？」

「そうする。ロイドさん、今日も稽古をつけてくれてありがと」

　こちらこそ。

　アインは最後にロイドの返事を聞き、訓練場を後にした。

◇　◇　◇

朝から大浴場に浸《つ》かるのはとても気持ちが良かった。

訓練でかいた汗を流してから朝食をとり、午後の仕事までの休憩をしていたアインは、手持《ても》ち無《ぶ》沙汰《さた》な様子で廊下に居た。

クリスはまた、シエラと一緒に居るのだろうか。

早いところ、自分にもシルヴァードから呼び出しが掛からないかとソワソワしだした頃。

『相変わらず似合ってるじゃない』

とあるサロンの手前にて、そのシエラの声が聞こえてきたのだ。

立ち止まったアインが扉に近づいて、耳を澄ましてみる。

『ええ、すっごく似合ってますよ』

『ありがとうございます、クローネさんだってとっても――――じゃなくて！　シエラ！　早く外《がい》套《とう》を……貴女《あなた》が昨日《きのう》着てた外套を……っ！』

『持ってきてないわ。別に私たちしか居ないんだからいいじゃない』

さて、何をしているのか見当もつかない。

姦《かしま》しい会話からは邪悪な何かは感じられない。分かるのは、何かに着替えていて、クリスが不満であるということくらい。

「何してんだろ」

扉に手を伸ばしたのは、ほんの興味本位だったから。

と同時に、ノックをしないのは不味《まず》いと思い、軽く叩《たた》く。

「ごめん、俺だけど、何してるの？」

すると部屋の中でガタッ！　と何かが崩れる音が鳴り、クリスの『わわっ！』という情けない声と、シエラが呆《あき》れてため息を吐《つ》いた音が聞こえた。

ドアの前で呆気《あっけ》にとられていたアインだが、クローネが答える。

『アインなら入ってきてもいいわよ』

さも当然と言わんばかりにだ。

つづけて。

『ダメですっ！』

間を置かずにクリスが拒否した。

いくらクローネが良いと言っても、これでは――――。

『殿下、どうぞお入りください』

シエラによる援護があった。

予想していなかった援護により、思わず手がドアノブに伸びかける。でもクリスが嫌だと言っているのには変わらないし……そう迷っていたところ、サロンの扉が開かれた。

「あの子の返事はお気になさらず。照れているだけですから」

アインを迎えたシエラは昨日と同じ、涼しげな顔で言った。

昨日と違うのは服装ぐらいで、正装ではなく、身軽な民族衣装に身を包んでいた。

「照れてるだけ？」

「左様でございます。私から聞くよりも、ご自身でご覧になった方がよろしいかと存じます。まずはどうぞ、中へ」

「えっと……分かった」

促されるまま中に入ると、中はいつもに比べて雑然としていた。

木箱と布。他には蔓《つる》で編まれた籠《かご》が床に二つ置かれ、二人分の着替えが収められている。

アレは男性の自分が見ていいものではないと思い視線をそらすと、視線の先に居たクローネと目が合った。

「似合うかしら」

「似合うかしらって、あっ、その服」

ソファに座っていたクローネの服装は、今までに見たことがない。

彼女の姿は妖麗でありながらも雅《みやび》で、どこか神聖。

胸元を隠す布は首まで届くが、振り向いたら白い背中が露《あらわ》になるほど少ない。細い腰付きを隠すスカートもまた短め。どちらの生地も絹で織られたように艶《つや》があるも薄く、露になった肌色が多いのに、更に身体《からだ》の凹凸を強調していた。

肢体を胸元から覆うレースが無垢《むく》さを際立てた姿はまるで、本に描かれた妖精《ようせい》のよう。

「感想を聞きたかったのだけど、もう十分みたい」

それもそのはず。

アインが言葉を失い、見惚《みと》れていたからだ。

言葉も大切なことに変わりはないが、こうして、態度でありありと伝えられるのも決して悪くなかった。

「こっちに来て」

何も言わず、誘われるまま隣に座る。

……いつもより更に肌が近い。

身長差もあって胸の谷間まで視界に映り込み、目に毒だ。

たじろいだアインはつい、そっぽを向く。

「シエラさんがエルフの正装を貸してくださったの。本当なら昨日のシエラさんみたいに外套を羽織るそうなの。……ねぇねぇ、どうして私のことを見てくれないの？」

「色々と事情があってさ」

「あら、色々って何かしら。分からないから、私の方を見て教えてくれない？」

じゃれついて、甘えてくる。

明らかに分かり切っているはずなのに、わざわざ聞き直すところが意地悪だった。

「す……」

「す？」

「すごく似合ってたから……だよ？」

疑問形で閉じたせいか締まりが悪い。

しかしクローネからすれば、聞こえだけが良い言葉で繕われたお世辞より、心のこもった声の方が嬉《うれ》しさは大きい。

たとえ彼がたじたじで、くすぐったそうにしていてもだ。

「ありがと。アインにそう言ってもらえたなら、着替えた甲斐《かい》があったみたい」

さて、ここでアインはハッとした。クリスが言っていた外套が欲しいという言葉の意味を、やっと理解したのだ。

「あの、シエラさん」

「どうなさいましたか？」

「クローネに上着を頼みたいんだ」

「大変申し訳ありません。この部屋にはお持ちしておらず……」

そうだったのか、だからクリスは慌てていたのだ。

（で、そのクリスは何処に……）

都合よく気が付けたと思い、大義名分を得た気持ちで部屋を見渡す。

どこかに居るはずなのだが一向に見つからない。

「クリスは何処に？」

「あちらでございます」

「あちらって、カーテンがあるだけじゃ――――え、えぇ……」

たとえるならば、ミノムシだ。

分厚いカーテンを全身に巻き付けて、見事に全身を隠した彼女が居た。隙間から器用に顔だけ出してアインを見ている表情は、茹《ゆ》で上《あ》がったクラーケンのように赤い。

「こんにちは、アイン様」

あくまでも平然を装い澄ましていたが、どうしたものか。

「今日も朝からお会いできて嬉しいです。ところで、十数秒くらい目を閉じていていただけませんか？」

きっとその間に着替えるのだろう。

別に退室してもよかったが、いつの間にかクローネに腕を掴《つか》まれていたから難しい。

「駄目よ。せっかく着替えたのに、殿下に一度も披露しないなんて許されないわ。そんな不敬な真《ま》似《ね》、幼馴染《おさななじみ》として容認できないの」

「不敬とかそういうのじゃなくて……どうして近づいてくるの⁉　シエラ⁉」

「気にしないでいいわ。カーテンを剥《は》ぐだけだから」

「それが一番問題だから！　ねぇ！　だから引っ張るのは――――」

「私の力じゃ駄目ね。じれったいから魔法でも使いましょうか」

指をパチンと鳴らすと、シエラの手元から風が舞った。

アインが感じた風は決して強くなかったが、クリスを隠すカーテンに対しては、妙に力強く吹き荒れる。

「披露するのにやぶさかじゃないくせに。観念なさい」

「ッ……でも、この程度の風なら！」

クリスの必死の抵抗が功をなし、カーテンは無事に剥がされずに済んだ。

しかしシエラは、ここに来てほくそ笑んだ。

「私は一向にそのままでも構わないわよ」

「負け惜しみなんて貴女らしく……はっ⁉」

気が付いてしまった。上半身を覆うカーテンは守れていたが、足元は守り切れていないことを。

つまり、短い丈の服では太ももから下だけさらけ出してしまっていると。

こうしていると恥ずかしい。

中途半端な露出が逆に煽情的《せんじょう》で、クリスの初心《うぶ》な仕草と相まって刺激が強いのだ。

(見ないでおこう)

それがクリスの名誉のためである。

ただ逆の方向を見ると、今度はクローネと目が合う。どちらにせよ、目に毒な光景であることは変わりないと知ってアインは項垂《うなだ》れた。

同時にシエラが起こした風が止《や》み、クリスが胸を撫《な》で下《お》ろす。

「ちょっと行ってくる」

と、アインは自分の上着に手を掛けながら立ち上がる。

「ふふっ、それがいいわね」

訳知り顔で頷《うなず》いたクローネはさすが、何をしようとしているのか分かっているようだ。

「クリス、出ておいで」

「も、もう少し心の準備をしたいのです!」

「分かってるって、まじまじと見たりはしないからさ」

「む……それはそれで釈然としないというか……」

若干面倒な乙女心を前に、アインが笑顔を取り繕った。

一方で、さっきまでちょっかいを出していたシエラは呆れ果ててものも言えない様子だ。

「ほら、いいからこっちおいでって」

アインがカーテンに手を伸ばすも、クリスの抵抗は決して強くない。むしろ軽くカーテンを剥げたくらいだ。無抵抗に近く、あっさりと。

しかし恥ずかしそうに上半身を抱く彼女の姿を見る前に。

さっと、上着を掛けてしまう。

「あっ……」

「これで平気？」

アインの上着はクリスにとってだいぶ大きい。体格的にも、だぼっと余裕があって、エルフの正装よりも丈もあり、肌の露出が抑えられた。

「………へ、平気です」

そう言い、愛《いと》おしそうに彼の上着の袖《そで》を摘《つ》まんだ仕草がいじらしい。羞恥心《しゅうちしん》を上回る幸福感に、彼が歩く後ろを静かに目で追ってしまった。

さて、その様子を眺めていたシエラだが。

「驚いた……あの子があんなに懐いてたなんて……」

人知れず、クリスの態度に感心していたのだった。


数十分は歓談を楽しんだ。

二人の服装は刺激的だったが、時間が経《た》てば互いに慣れるもので。いつしかクリスもアインの上着を脱いで、楽しそうに会話を楽しめた。

アインが今、何をしているのかと言うと、二人が着替えるとのことでサロンを出ている。

何故《なぜ》かついてきたシエラと、隣り合わせに壁に背を預けていたのだ。

「昨日《きのう》と違って、口調を変えてくださったのですね」

「口調？　……ああ、謁見《えつけん》の間と話し方が違ったたってことか」

「はい。私が気圧《けお》された際の殿下と違い、とても距離を近く感じることが出来る、大変お優しい人柄が伝わって参りました」

特に意識していたわけではない。

警戒心の欠如によるものか、あるいは単に親しみを感じたかのどちらかだ。

「シエラさんが気圧されてたってのは信じられないけどね」

「とんでもない。あれでも首筋に冷や汗をかいておりましたよ。その証拠に長から預かってきたものを渡しそびれてしまいました」

そう言って、シエラがアインに手紙を渡す。

「長からの招待状でございます。是非、シス・ミルでお会いしたいと申しておりました」

——俺を招待、ね。

アインは含み笑いを浮かべつつ手を伸ばして、手紙を受け取りつづきの言葉を待つ。

「実は昨日、陛下にお渡しした手紙にもいくつか、同じ文言がございます」

「分からないな。今日まで返事を寄越《よこ》さなかったくせに、どうして今になって俺を招待する？　俺

のことをいと尊きお方って言っておきながら……言い方は悪いけど、シス・ミルに呼びつけること
も気になるよ」

「すべては長の不手際。名代として私がお詫《わ》び申し上げます」

やはり、どうしてもシエラには裏があるようには見えない。

才媛《さいえん》ともいえる女性ではあるが、その反面、アインに対しての腹芸を試みようとしている風には
決して見えず、真摯《しんし》であろうとしている節があった。

「私も詳細は聞いておりません。ですが、長は返事に悩んでおりました」

「ああ」

「また、殿下をご招待したのは長の身体《からだ》が理由です。長はもう、シス・ミルの中であろうと長時間
の移動は出来ません。身体がそれほど老いているのです」

「だとしても分からないよ。港町マグナに行く前に一通、お爺《じい》様に連絡することだってできた」

「仰《おつしや》る通りです。ですが長はそれすらも悩んでおいでだったのです」

悩んでいたの一言で頷けるほど、アインは単純ではなかった。

やはりまだ、長の真意を疑っている。

「………こうなった時のためにと、殿下へ伝言を預かって参りました」

シエラは磨かれた剣のような双眸《そうぼう》でアインを見つめた。

「私が知る過去の王都について。そして赤狐《あかぎつね》についてお伝えしたいことがございます。こう申して
おりました」

「ッ────今、何て言ったんだ」

言葉を聞いてアインは、シエラに詰め寄ってしまった。

「お、落ち着いてください！　ですから！　旧王都と赤狐について と……ッ！　恐れながら、私は今の言葉の意味を知らないのです！　長にしか分からない言葉でしたから……ッ！」

「……分かった」

距離を取る前に「ごめん」と謝罪すると、今の言葉を反芻《はんすう》した。

「道理でお爺様がすぐに俺を呼ばなかったわけだ」

「先ほども申し上げた通り、私は何も知らないのです。孫娘の私が尋ねても、長は、お婆《ばあ》様は言葉の意味を教えてくださいませんでした」

逆に、アインは何かを知っているのかと。

そうした瞳《ひとみ》を向けられたが、アインは気が付かなかったふりをした。

「招待状は受け取っておく」

何にせよシルヴァードと相談がしたい。

長の言葉を信じるなら行くべきだが、ついこの前に港町マグナで騒動があったばかり。赤狐の脅威が去っていない以上、自分がむやみに王都を離れていいものか。

「一つだけ聞いておきたいことがある」

「何なりと」

「シス・ミルに騎士を連れていくのは問題になるのかな」

「申し上げにくいのですが、殿下とクリス以外の者は難しいかと。ご存じの通り、我らエルフは閉鎖的な側面がございます。時代錯誤と言われれば否定はできません。ただそのために、多くの方を受け入れられるだけの支度が無いのです」

　特に、精神面で。

　クリスは共に行ける。補佐官のクローネには近くの都市で待機してもらうことになるだろう。しかしディルにも待機を強いるだろうから、どうにも悪い気がしてしまう。

「俺とクリスしか行けないってことは、確定事項なのか」

「心苦しいのですが、仰る通りです。……そうだ、もしもクリスと共にシス・ミルにいらした際には、聖域にも行かれるとよろしいかと」

「行っていいの？　部外者の俺が？」

「本来ですと論外ですが、長が殿下には是非、聖域に足を運んで頂きたいと仰っておりました。ここだけの話ですが、実は私も長の真意を測りかねております。……そもそも、殿下が聖域に入れるのかも分からないのです」

「ああ、番人が居るとか？」

「番人はおりますが、長が許可をしたので問題ございません。問題なのは聖域そのものです。あの地は封印が施されておりまして、誰《だれ》でも足を踏み入れることが出来るわけではないのです」

　謎は深まるばかりだった。

　シエラも困惑した表情を浮かべている。どうやら、本当にシエラは何も知らないらしい。

「私が知る中で、聖域に足を踏み入れることが出来たのは三人だけです」

　指を三本立てて語った。

「一人目は長です」

そして。

「二人目はクリス。そして三人目は、彼女の姉のセレスティーナ殿でした」

「どうしてあの二人だけが……」

確実なことは、二人がヴェルンシュタイン姓の一族であることだ。

「シス・ミルの者たちも不思議に思っていました。どうしてあの二人だけ聖域に足を踏み入れることが出来るのかと。そして、どうして長が許可を出していたのかと」

平凡な、言うまでもない疑問だ。

そう思ったところで、扉の向こうからクリスの声が届いた。

『アイン様ー！　お待たせしましたー！』

着替えが済んだようだ。

「興味深い話だった。でも、シス・ミルに行くって断言はできない。お爺様にも相談しないといけないからね」

こう言ってみたものの内心は違う。

聖域、ヴェルンシュタイン姓の二人にだけ出されていた許可、エルフの長が知る旧魔王領と赤狐の話など。

里に行かないという選択肢はあり得ないように思えた。

この時のアインは口にしなかったが、シス・ミルに行く方向に気持ちが傾きつつあったのだ。

◇　◇　◇

アインがシルヴァードと話す時間を持てたのは、同日の夜だ。

場所は謁見《えっけん》の間の奥にある小部屋で、足を運んでいるのはこの二人だけ。互いにシエラから受け取っていた手紙を交換して、内容を確認し合う。

シエラの言葉に虚偽はなく、中身は大して違いがなかった。

そして、アインがシエラから聞いた言葉を共有した。

「はっきりしたようだな。長は何か多くのことを知っておるらしい」

「……俺はシス・ミルに行くべきだと思います。港町マグナの騒動から間もないですが、赤狐の話も聞くことができます。それに、初代陛下のこともです。なので学園については――」

「うむ。当然、公務として休むことを許可する。初代陛下のことだけならばいずれでよかったが……」

「赤狐のことは、今すぐにでも聞きたいですからね」

しかし、気になることが一つ。

「シス・ミルに行けるのは、アインとクリスの二人だけであったな」

「らしいです。危険でしょうか」

「危険がゼロとは言えん。が、しかし、シス・ミルに魔物は存在しておらん。居るのは害のない小動物ぐらいなものだし、外敵の脅威は皆無と言えよう」

あとの問題は赤狐だろうか。

「致し方あるまい。あとは潜んでいる赤狐に悟られぬよう、アインが王都を離れる件は秘密裏に行う。いっそ、病に臥《ふ》せっているとして城に医者を呼びつけても良いな。噂《うわさ》も流せば尚良い」

「……やりすぎですよ」

「くはは っ……冗談に決まっておろう」

でも秘密裏にというのは賛成だ。

「しかしな、シス・ミルまでは長旅になるぞ」

シルヴァードがヒゲをさすりながら苦笑して、天井を見上げて思い出す。

「余も近くの都市までは行幸したことがある。そこまで水列車にて丸一日と半日。更に、聞くところによれば、シス・ミルにあるエルフの家々までは徒歩で半日掛かるそうだ」

想像以上の距離があると知り、アインの頬《ほお》が引《ひ》き攣《つ》っていく。

王都を発《た》ってから、丸二日掛けてようやく長の下にたどり着ける計算だ。とんでもない長旅になってしまう。

「やめるか?」

ニヤリと笑って言ったシルヴァードに対して。

「い、行きますよ！　魔王がその程度の道のりに音を上げると思ったんですか!?」

こんな時に魔王に触れたこと、そのアインらしさが面白くてたまらなかった。

シルヴァードは腹を抱えて笑い声をあげ、仏頂面を浮かべたアインの隣に行く。最後に、彼の肩を強く叩《たた》いて、柔らかな声で「頼もしい限りだ」と言ったのだった。

旅支度

シス・ミルに行くにあたって肝心なのは秘密裏に動くこと。

特に王都を発《た》つときに細心の注意を払うことだ。これらの諸条件を達成するため、とある人物が協力者として挙げられた。

アインがシス・ミルに行くことに決めた日の翌朝――――。

王城へと、クローネの祖父でありオーガスト商会の会長を務める、グラーフ・オーガストが呼び寄せられていた。

彼は城に数多《あまた》ある執務室の一つにて、宰相ウォーレンを前に佇《たたず》んでいた。

「儂《わし》の力を借りたいですと？」

ウォーレンの言葉を聞いて一瞬思考が止まったグラーフ。

彼は思わず小首を傾《かし》げてしまった。

「左様でございます」

「まずは話してほしい。儂に何を求めておいでなのだ」

「これは失礼。実はアイン様を連れて、シス・ミルの近くにある辺境都市まで向かって頂きたいのです」

「……ふむ」

急にそれだけを言われても把握しきれない。

だというのに、グラーフは首を横には振らなかった。

「儂とクローネは殿下に、ひいてはイシュタリカ王家に多大なる恩がある身だ。理由は何にせよ協力は惜しみませんぞ」

「ありがたい。では、いくつかご相談させて頂きたく」

と、ウォーレンによって計画が語られる。

まずはオーガスト商会の仕事として、グラーフ本人が王都を離れる。彼はしばしば仕事で王都を離れているし、怪しまれることはないだろう。そしてその際に、アインたちを連れていってほしいというのが本命だ。

連れていく騎士を商会の者に偽装する手助けも欲しい。

勿論《もちろん》、アインの帰りを待ってもらう必要もある。

頼み事は多いし何日も拘束するのだから、その分の謝礼を出すとウォーレンが言うも。

「謝礼は結構。あの都市へは元から行く予定がありましたので」

「ですが……」

「宰相殿、儂はもとより殿下に大恩のある身です。ここは儂の顔を立ててくださらんか」

「しかしグラーフ殿、それでは陛下の顔に泥を塗ってしまう」

「む、それは困る……ではこうしよう。どうしても礼をと申されるのなら、町で時間を持て余すであろうクローネでお願いできませんかな。儂の仕事を手伝ってもらうというのはいかがだろう」

ウォーレンはそれを聞いて、頷《うなず》いた。

これくらいが落としどころだろう。

別行動を強いたアインとしても、クローネが祖父のグラーフと共に居るのなら、少しは気が楽になるだろうから。

◇　◇　◇

アインはクリスの部屋を訪ねていた。

事後報告となってしまうが、シス・ミルに行くことを伝えるためだ。

――――コン、コン。

彼女の部屋をノックしたのはアインではなく、一等給仕にして、ディルの母であるマーサだ。

だが、一向に返事が来ない。

「居ないのかな」

不在なのかもしれないし出直そう、アインは踵《きびす》を返そうとしたが。

「クリス様は先ほど、訓練から戻られたのを拝見致しました」

もう一度、マーサが扉をノックした。

すると。

『――――……はーい！』

あまりよく聞こえなかったが、返事の声が確かに響いた。

「仕事中だったのかも」

「とはいえアイン様でしたら問題ないかと。お返事もくださいましたし、一度、入ってお声をかけてみてはいかがでしょうか」

「ん、そうしてみる」

「では私はこの辺で。何かありましたらお呼びくださいませ」

マーサと別れたアインが扉に手を掛けて中に入る。

部屋の中の印象は素朴の一言だ。家具は必要最低限しか無くて、かざりっけが無い。仕事用の机にはいくつかの資料はあるが、雑多なのはそこぐらいだ。

「……どこだ」

とりあえず、クリスの姿が見えない。

部屋の中、入り口付近で立ちすくんでいたところ。

「今行きますねー！」

クリスの声がした。

「ん⁉」

いや、声がしたのは構わないのだ。問題なのはそれがした方向で、寝室の方でも、バルコニーからでもなかった。

となると、残されたのは一カ所だけになる。

「お待たせしま――――ア、アイン様ッ⁉」

そうだ、浴室だ。

彼女は全身をバスタオルで包んだまま現れたのだ。

湯上りで間もないことの証明である湯気が立ち上っているのも、乾かしきれていない髪が、首筋に纏《まと》わりついた様子もアインははっきりと見てしまう。

慌てて視線をそらすも、瞼《まぶた》の裏に焼き付いて離れない。

「ごめん！　出直す！」

「だっ、大丈夫ですから……じゃないっ⁉　でもアイン様を待たせるのも――――ううん！　ならアイン様さえ気にならなければ――――ダ、ダメッ！　そんなの恥ずかしすぎて……っ！」

「それは無理だから出直すよ！」

彼女も冷静さを欠いているし、これが最善だ。

だが、慌てて踵を返したアインがドアノブを握り締めると、その手がほぼ同時にクリスの手に包み込まれる。

「ちょ、ちょっとだけ待っててください！　すぐに着替えちゃいますから……ッ！」

「どちらにせよ外に出てるって！」

「ダメなんです！　アイン様を外で待たせるなんてできません！　だからごめんなさい、ソファで待っててもらえませんか……っ！」

外でもソファでも変わらない気がしてならなかったものの、厚意を無下にするのも、状況が状況ではあるが気が進まない。

「とりえずこのまま待ってるから、クリスが見えなくなったらソファに座ってるよ」

「はい！　すぐに着替えてきますね！」

元気のいい返事からすぐに、彼女の体温と気配が遠ざかっていく。

さっきは待つと言ったが……。

さすがに、この状況のクリスと二人きりというのも悪い気がしてならない。

部屋に立ち込めるのは花のオイルを使った石鹸《せっけん》の香りに、湯気による若干の湿り気。そして濡《ぬ》れた彼女の髪からは、石鹸とは違ったシャンプーの香りが漂っていた。

(悪いことをしちゃったな)

今更だが、やはり出直すべきだったかもしれない。

クリスは部屋に備え付けの浴室で疲れを癒《いや》したばかりなのに、アインはその風呂上《ふろあが》りにやって来てしまったのだから。


――――いずれにせよ座ってクリスを待とう。

ソファに腰を下ろしてから、ほんの数秒後のことだ。

「お、お待たせしました！」

トトトッ、と慌ててアインの前にやって来たクリスが呼吸を整える。いつもに比べてまだ湿り気が残った髪の毛からは、やはりシャンプーの香りが漂ってきた。肌も訓練後のそれとは違った上気の仕方をしていた。

上はシャツ一枚で下には短めのズボンだからか、殊更、もろもろ主張されている。

真正面に座ってくれればいいものの、自室で油断しているからか、今回はアインの隣に座ってきたのだ。

「――――」

「どうして頭を抱えちゃったんですか⁉」

頭を抱えて俯《うつむ》いたアインの隣には、大きく露出した彼女の白い脚がある。

何度も思うが、部屋に残る判断は間違いだったかもしれない。

「いや、個人的な話だから気にしないで。ちょっと悔やんでただけだから」

窓の外に広がる王都は、今日も荘厳且つ美しい。

アインがイシュタリカに来てからも成長を遂げているのだから、これからの未来が楽しみで仕方ない。

今この瞬間に考えることかは不明だが、アインの精神衛生を保つには一役買っていた。

「悔やんでいた？」

キョトンとした様子のクリスがアインに尋ねる。

「気にしないでいいよ。それで俺が来たのは大事な用事があったからなんだ」

「この時期に大事な用事って……もしかして、ラウンドハートに攻撃を――」

「違うよね。まったく掠《かす》ってもいないよ」

「ち、違ったんですか……」

何故《なぜ》ショックを受けているのか理由を問いただしたい。が、それはいずれだ。

「色々事情があって、シス・ミルに行くことに決めたんだ。クリスには俺の案内と護衛を頼みたくて」

それを聞いたクリスは一瞬で表情を変えた。

明るく、高揚した心に従うままにアインとの距離を詰める。

「────嬉《うれ》しいです！」

湯上りの彼女が、アインの腕にしがみつくようにして喜びを露《あらわ》にした。

「あの時の言葉が本当のことになるなんて、夢にも思いませんでした」

「あ、それって」

忘れられるはずもない。魔法都市イストからの帰り道、セージ子爵との闘いのあとでクリスが言った言葉だ。

『また一緒に、旅をしましょうね』

これが叶《かな》う時が来るのだ。

「……くちゅん」

喜んでから力が抜けたのか、クリスがくしゃみを漏らす。

風呂上りからずっと話をしてくれたのだ。濡れた髪のせいもあってか、身体《からだ》が冷えてきたのかもしれない。

良い頃合《ころあ》いだ。

クリスの煽情《せんじょう》的な姿の影響もあるし、そして張本人のクリスが風邪をひかないようにも、そろそろ立ち去るべきである。一応、話すべきことは終えたし、このタイミングで部屋を出てもおかしくない。

「もう少し、お話ししていたかったです」

片やクリスは話し足りなそうだった。

「シス・ミルに行く前に風邪をひいちゃったら、留守番になっちゃうよ」

「ッ――――それは困ります！」

「まぁ、その場合の元凶は俺になるんだけど。ってわけだし今更かもしれないけど、湯冷めしないように休んでて。また、日程が決まったら連絡するからさ」

去り際にアインはクリスの頭をぽん、ぽんと撫《な》でた。

彼女はその撫でられた箇所に自分の手を当て、目を細める。一方でアインは無意識の行いだったのだが、忌避感を抱かれなかったことに胸を撫で下ろした。

動き出した足は扉に向かい、廊下に出たところで、シエラのことを思い出す。

「そろそろ、帰る頃かな」

今日はエルフたちが王都を去る日だし、もう支度をしている頃だ。

見送りに行ったときに、シス・ミルへ行くことを伝えようか、どうしようか。

……連絡もなしに行くのは無礼だろう。

念のためにシルヴァードに聞いておく必要があるだろうが、きっと問題ない。

目的が決まったところで、彼の私室へ足を進める。

それからアインは窓の外に広がる光景に目を向けた。雲一つない紺碧《こんぺき》の空を仰ぎ見て、今日も天気が良さそうだな、と、小さく欠伸《あくび》を漏らしたのだった。

彼女の生まれ故郷

「アインよ、くれぐれも用心を忘れるでないぞ」

「私からも申し上げます。どうか、道中お気を付けくださいませ」

王都を発《た》つと決めた日から一週間。

ついに城を発たんとしていたアインにこう言ったのはシルヴァード、そして宰相のウォーレンであった。

城の大広間、そこに置いていた木箱の前に立っていたアイン。

彼は「分かっています」と言って振り返り、窓から差し込む暁光が眩《まぶ》しくて目を細めた。

「どちらかというと、この木箱で運ばれる時に酔ってしまわないかの方が心配です」

「はっはっはっはっ！　水列車に入ったら出られると聞いておるぞ、あとはシス・ミル付近に着いたら自由に歩けるそうだ」

「それを聞けて安心しました。とりあえず水列車までの辛抱みたいですね」

秘密裏に動くのだからこのぐらいの不便はあって当然だった。

けれど、この不便をクローネとクリス、そしてディルの三人にも強いてしまうことが心苦しい。

「長《おさ》にちゃんと聞いてきますから」

「うむ。――――余とアインしか知らぬ件についてもな」

後半部分は囁《ささや》き声で言った。

シス・ミルに行くことの理由だが、表向きには赤狐《あかぎつね》の情報を得るためである。

そしてもう一個のアインとシルヴァードしか知らない件こそが、初代国王ジェイルと、旧魔王領の関係性だ。

あとは。

（ヴェルンシュタインのことも聞かないと）

この件についてはまだシルヴァードに伝えていなかったが、何か分かったらすぐにでも伝えるべきであろう。これは何としても長に尋ねておきたい。

「あ、そういえばウォーレンさんは、俺がシス・ミルに行くことに反対していなかったんですか？」

「はい、しておりません。私は賛成の立場でしたから」

「反対していたのはオリビアぐらいなものだ。と言っても、オリビアはアインと離れることを好ましく思っていないだけであったが」

「陛下が仰《おつしや》った通りでございます。陛下がエルフの長に手紙を送っていたことを聞いて、驚きはしましたが、そのぐらいです。アイン様は長に会うべきでしょうから」

恐らく、ウォーレンのその言葉も長が初代国王をよく知っているからこそだろう。

初代国王に憧《あこが》れ、目標としているアインの後押しをしているのだ。

「アーイン」

不意に背中を包み込んだ温かさ。

「お母様、見送りに来てくださったんですか？」

「そうですよ。少しの間、アインの傍《そば》にいられなくなっちゃうんですもの。さっきまで、どうやって一緒に行こうかなって考えてました」

「もう諦《あきら》めたのだろうな？」

「ええ。残念ながら、諦めることに致しました」

でも本気になったらついてきそうだ。ハイムに居た頃、エウロと一人で条約に近い商談をまとめてきた彼女だからこそ、そう思わざるを得なかった。

こうして話しているうちに、近くにクローネとクリスが姿を見せる。二人とも支度は万全だ。

「何かお土産も買ってきますよ。何がいいですか？」

「余は何でもいいぞ」

「私もです。でもそうですね……クリスの面白い話とかが聞きたいかもしれません」

その言葉を耳にしたクリスがハッとして、口をパクパクさせ「勘弁してください」と弱々しい声で言う。

「さて、アインよ」

アインに向けられた神妙な面持ち。

「何度も言ったが、シス・ミルには聖域がある。だから邪悪な者は足を踏み入れられず、強力すぎる結界が外からの魔力を一切通さぬ。故にメッセージバードも使えぬため、緊急の際の連絡は出来ぬと心得よ。予定以上の滞在は何があっても避けるのだ。よいな？」

「分かっています。何かあったら、ディルが騎士を連れてシス・ミルまで来るんですよね？」

「ああ、そのような手はずになっておる」

「大丈夫ですよ、俺も無理はしませんから」

「だと良いのだが……アインの前科を思うと、素直には信じられん」

アインは力なく苦笑した。

背中にひっついていたオリビアも楽しそうに笑う始末だ。

「っと、私はこの辺で」

席を立ったウォーレン。

「仕事であったか」

「ええ。実は本日、ハイムにリリを派遣することになっているのです。会談は終わり、袂《たもと》を分かちましたが、念には念をと思い、調査させる予定でしたので」

容赦がないというか、一切の油断がないというか。

彼は好々爺《こうこうや》然と振舞っていてもその実、多くを考えていた。

「それではアイン様、どうかお気を付けて」

この言葉の後、グラーフが大広間へやって来た。もう出発の時間なのだ。

アインは最後にもう一度、オリビアから強い抱擁を受けてから、用意されていた木箱に乗り込んだ。

中に入るのが一人だけなら狭すぎず広すぎない。

快適とは言えずとも足は伸ばせた。

（きっと二度も木箱に潜んだ王太子なんて、俺がはじめてだ）

一度目は魔法都市イストで叡智《えいち》ノ塔に忍び込んだとき。そしてこの二度目ともなれば、あまり嬉しくない慣れを感じてしまう。

(上着、どうしよ)

城の外に出たら寒いかと思って持ち込んだ上着があった。

外は寒いだろうか、木箱の隙間から差し込む陽光を眺めていると。

ガタッ。

音が鳴ったと思いきや、木箱にクローネが入り込む。

「ごめんなさい、もうちょっとだけ詰めてくれるかしら」

「それって俺の勘違いじゃなかったら、一緒にこの木箱に入るってこと?」

彼女はすぐに頷《うなず》いた。

外にはまだいくつも木箱がある。

あんなにあるのに、そう思っていると。

「手違いよ」

心を読み取ったように言う。

「他の木箱は荷物を詰め込みすぎちゃって、私が入れる隙間が無かったの」

「クローネがそんな失敗を?」

「ええ」

「……」

「ほんとよ。つい間違えちゃった」

わざとらしいことこの上ない。

ひとまず場所を空けてみようと試みるも。

木箱の中は一人分なら余裕があるが、二人となれば話は別だ。互いに幼かった日のように身体《からだ》が小さければ何とかなったろうが、今は厳しい。

「……しばらくの間、一緒に居られないんだもん」

珍しく、幼い口調で。

こんなわざとらしい手段を用いた理由を思わず吐露した。

それから、思いのほか木箱が狭いと気が付いて。

残念そうにしながらも、諦めかけたその刹那《せつな》。

「あのさ」

クローネのそんな顔は見たくない。

苦肉の策とまではいかないが、アインは唯一、彼女が座ることが出来る場所を思いついた。

「ここで良ければ……って感じなんだけど」

自分としてもこの提案はどうかと思った。

でも、残された場所はここしか無い。

アインが遠慮がちに言った場所は自らの目の前だ。

言葉にするのが恥ずかしい。

だが言いたいことは、俺が足を広げるからここに座れないかな——こういうこと。

「いいの?」

「クローネさえよければね」

さすがにアインの負担を鑑みて、遠慮がち。

しかし最後に一押し。

「ほら、早く」

優しい声に無条件で甘えたくなってしまって、等々。

「……お邪魔します」

「くくっ……何それ、お邪魔しますって」

「も、もう！　私だってこうなる予定じゃなかったんだから！」

股座《またぐら》にちょこんと座ったクローネは不満そうに言う。

だけど背中を彼の胸元に預けると。

嬉《うれ》しさに緩んだ頬《ほお》が見えないように、少し顔を下に向けた。

「これ使っていいよ」

と、アインは着るか迷っていた上着を差し出す。

「クローネが来てくれたから寒くなさそうだし、ひざ掛けにでもどうだろ」

「……ありがと」

受け取った上着を広げると。

彼女は素直に自身の膝《ひざ》を覆ったのだった。

◇　◇　◇

王都から辺境都市までは丸一日と半日。

シルヴァードからそう聞いていた通りの所要時間を掛けて、大陸の北西、魔法都市イストより更に西側で、バルトの方角からみれば南に位置する地方までたどり着いた。一行を乗せた水列車がシス・ミル近郊の辺境都市に到着したのは、アインが王都を発ってから翌日の夜のことである。


そして、その翌朝。

――シス・ミルへ通じる森の入り口。

見たこともない高さの木々に囲まれた、深い森の手前にて。

翌朝と言っても、秋に差し掛かった昨今ではまだ辺りは真っ暗闇《くらやみ》で、日の出まで時間がある。加えて、この辺りはのどかな牧草地帯が広がる田舎町だ。そのせいもあって灯《あか》りは少なかった。

「アイン様、我々はここで野営をしてお待ちしております」

至極当然のように言ったディルに同調して、近衛《このえ》騎士たちが頷いた。

いや、町で休んでてくれ、アインはこの言葉を飲み込む。今日まで何度も繰り返したやり取りだからだ。

「父上からは訓練も兼ねろと。我ら騎士にとっても良い機会ですので、この度は魔道具に頼らぬ野営訓練とすることに致しました。食事など、すべてが自給自足となります」

「……なんて逞《たくま》しいんだ」

感嘆の声を漏らしたアインの姿は、もうすでに王太子としての服装ではなく。

以前、魔法都市イストの町中を歩いていたそれよりも更に動きやすくて、山道を進むために伸縮性に富んだ服装を身に纏《まと》っている。

当然クリスもそうで、彼女は大きな鞄《かばん》を背負っていた。

「お褒めに与《あずか》り光栄です。王都から何か連絡がありましたら、我々がすぐにシス・ミルへ向かいます。エルフの不興は買うかと思いますが、その際は、緊急時であると説明するのでご安心ください」

「無理はしないでね、お願いだから」

「とんでもない。寝るところと満足な食事があるだけで、我らは何の不自由もございません」

近衛騎士たちが一斉に頷き、今まで経験したことのある辛《つら》い訓練と境遇を重ねた。

ディルも参加したことがあるそうだが、近衛騎士ともなれば、辺境にて訓練を行うことがある。

それらはほぼ着の身着のままで、今と比べれば地獄のような環境だと聞いたことがある。

「では、どうかお気を付けて」

「ありがと。ディルたちも野盗に襲われないようにね」

最後の冗談で皆を笑わせてから、アインはクリスを伴って森に足を踏み入れた。

すると、少し前まで聞こえていたみんなの声が、あっという間に聞こえなくなる。周囲を囲む木々は更に背が高く、太く節くれ立った幹が二人を迎えた。この辺りは足場の悪い道に加え、鬱蒼《うっそう》とした木々で視界が悪い。

「頼んだよ、クリスの案内が頼りだからさ」

「はい！　お任せください！」

クリスの迷わず進む姿が頼もしい。

時折、チラッとアインの足元を確認するところに、彼女の優しさが見え隠れしていた。

「この背の高い樹《き》は何て言うの？」

「柱樹《はしらぎ》と呼ばれてます。大きくなると、この辺りのものの数倍にはなりますよ」

「すごっ……何年ぐらい生きてるんだろう」

「大きい樹だと千年は超えちゃいます。他の樹の話ですが、五千年くらい生きてる樹もあるんですよ」

「さすがエルフの住処《すみか》だ。想像を超えてきたよ」

呆気《あっけ》にとられるアインが面白くて、先を歩くクリスが振り返る。

足取り悪くも、器用で身軽な動きで身体《からだ》をくの字に曲げて。

「もっと進むと、たくさんたくさん、面白いものが見られますよ」

「……いいことを聞いた。楽しみにしてるよ」

シス・ミルまで先は長い。

少しぐらい、観光気分でいても許されるはずだ。

もしも冬の旧魔王領への道のりを経験していなければ、アインもへこたれていたかもしれない。

当時の経験が生きたのか、ぬかるむ森の道を案外気楽に進むことができた。クリスに気を遣わせることなく歩けたことに、アインは心の中で安堵《あんど》していた。

「アイン様……結構、余裕がありそうですね」

「今のところはね。旧魔王領に行った時も大変だったし、頑張れそうだよ」

頭上からは木漏れ日が差し込んでいる。

出発したときはまだ暗かったが、もう朝日が昇っている。対照的に森の中は薄暗くて、若干、不気味ですらあった。

まだ似た風景しかつづいていないこともあり、新鮮味に欠けてきた。

「似たような景色《けしき》ばっかりだけど、クリスって迷ったことあるの？」

「……この辺りではありませんよ」

「そりゃよかった。……ん？　この辺り？」

「あ、ほら！　渓谷に差し掛かりました！　あの吊《つ》り橋《ばし》を渡ります！」

先行きが不安になってしまった。

「うん……大丈夫、順調だもん」

（不安だ）

しかしながら、今回の道中のようにクリスと二人旅というのも悪くない。

仮に迷ったとしても、その状況も楽しめそうな気がしていた。

◇　◇　◇

クリスが言っていたように、面白いものを見ることができた。

渓谷にあった吊り橋を過ぎてから、別世界だったと言ってもいい。

迎えた木々は柱樹だけでなく、見たこともないものばかり。広葉樹に似た葉の付き方ながら、葉は青かったり、妙にうねっていたりと目を引いた。

数多《あまた》の木漏れ日は緑と青に染められ、神秘的だ。

「……見たことのないものばっかりだ」

「ふふっ、楽しんで頂けてますか？」

「それはもう。観光目的で来たかったぐらい」

それにしても空気がいい。

深呼吸していると、全身が洗われていくようだ。

幾分か足が疲れてきた気もするが、この清涼な空気のおかげか足取りも軽いままだ。

目を閉じると、清流の音がする。気になって目を開けてみれば、近くを流れる水の中を色とりどりの魚が泳いでいた。

水草をつつくたびに、水の中で仄《ほの》かに光っている。

「あれはどうして光ってるの？」

「あっ、あの魚はですね、水に溶けた魔力を体内に吸収しているんです」

「まさに秘境って感じがしてきた」

「あははっ、確かに秘境ですもんね」

そうだった、ここは秘境みたいなものだ。

「ここまで来ると、もうシス・ミルです。あとは我々、エルフが住む集落があるところまで行くだけですね」

あとはそれだけと言っても、まだ昼前だ。

「中間地点まで遠そうだね」

「この速度ならもうすぐ半分です。すっごく順調ですよ。アイン様が少しもお疲れじゃなかったので、私たちエルフと同じくらいの速さで歩けてます」

「足を引っ張らなくてよかったよ」

軽口を言えるだけの余裕を見せ、更に歩く速度を上げた。

本当に、思っている以上に疲れがなかったのだ。

「なんか懐かしい感じがしてきた。来たこともないのにね」

「あっ、もしかしたら、ドライアドだから親近感が湧《わ》いたのでは……？」

かもしれない。

頷《うなず》いて、辺りを見渡してみる。居心地《いごこち》は不思議なくらいよくて、目を閉じれば寝られそうなほどだった。

二人はあまり話さないまま森の中を進んだ。

互いに言葉を必要とせず、静かでいても心地良い。

ただ、途中で一度だけ休憩を取った。と言っても昼食をとっただけだ。

その後は黙々と歩いて、数時間が経《た》つ。

「――――アイン様」

不意に立ち止まったクリスが零《こぼ》れんばかりの笑みを浮かべて振り返る。

「シス・ミルでも、特別な場所が見えてきました」

これまでの鬱蒼とした木々の森から、開けた場所に出た。

アインのすぐ横まで延びているせせらぎと、上流にある大きな泉。中央にそびえ立つ大樹が枝を広げ、木漏れ日が緑陰を作り出す。

今日はいくつもの光景に驚かされたが、これほどの驚きはなかったと思う。

「すごい……」

まさに、桃源郷だ。

飛び交う極彩色の鳥たちと、迎える大樹。

特にアインの視線を釘付《くぎづ》けにしたのは、大樹に宿った果実だ。なぜなら、光っていたから。橙《だいだい》色《いろ》の優しげな光で瞬いて、この空間を彩っていたのだ。

この青や緑に彩られた木漏れ日の中では、光る果実はよく目立つ。

しかし、それだけではない。

泉を満たし澄み渡る水の底には、ほんのり青白く光る水草があった。

「太陽樹って言うんです。あの果実には魔力が宿っていて、泉に落ちると魔力が溶け出します」

そして、魔力と合わさった水が出来上がる。

せせらぎを通じ、シス・ミル中を渡り、豊かな自然を生み出すのだ。

ふと――――波紋が泉を伝う。果実が一つ落ちてきたのだ。

「ちょうど落ちてきたみたいですね」

果実は水の流れに逆らわず、せせらぎの傍にいた二人の下に流れてきた。

大きさはアインが作ったリプルくらいはありそうだ。外観は、ブドウの粒によく似ている。

それをクリスが水から掬《すく》ってみると、彼女の手のひらで何度かホタルに似た光を見せた。

「とっちゃっても大丈夫なの？」

「ええ、一つくらいなら大丈夫ですよ」

そう言うと、クリスは果実をレイピアで割った。

中にあったのは瑞々《みずみず》しく果汁を滴らせた、オレンジ色の果肉だ。アインの鼻孔をくすぐる香りは甘く、果肉は齧《かじ》り付くと蕩《とろ》けてしまいそうで、アインは思わず唾《つば》を飲み込んだ。

「いただきましょうか」

拒否するという選択肢は浮かばなかった。

齧り付くと、想像以上の香り高さに驚かされる。アインが作ったリプルもそうだったが、負けていない質の高さだ。

（こんな場所があったなんて）

味に感嘆しながらも、辺りをもう一度見渡した。

泉の周囲にも見たことのない植物ばかりだ。白や蒼《あお》、明るい紫というように色とりどりで、葉もゼンマイ状であったり蔓《つる》になって樹に纏わりついていたりと特徴的だ。

地面に露出した木の根は苔《こけ》むしていて、鮮やかな色を誇る蝶《ちょう》が留まっていた。

水辺には、さっきも見た多くの小魚の姿がある。

(この森の魔力の多くは、太陽樹があるからこそなのか)

そうしていると、水草も気になる。

「水草を見てきてもいい？」

「いいですけど……もしかして水に入ってってことですか？」

「うん。裾《すそ》をまくれば大丈夫そうな場所にもあるし」

「ダメです。私がとってきますから、待っててください」

さすがに水に入ることは許されなかった。

するとクリスは背負っていた鞄を地面に置いた。ズボンに手を掛け、真っ白なふくらはぎを露《あらわ》にして、泉の中に足を差し込む。

「ちょっとだけ冷たいです」

吐息を漏らしてからはにかんで、手ごろな水草を探す。

するとちょうどよく、魚が根元を食べて、浮いてきた水草があった。

「魔石もついてるからちょうどいいと思いますよ」

「――――ん⁉」

水草に魔石と聞き、耳を疑ってしまう。

「魔力を蓄えているからか、太陽樹の泉にある水草には魔石があるんです」

よく見ると、先端に魔石らしきものが一つだけついていて、それが青白く光っていた。表面は磨かれた水晶玉のようで美しく、手に取るとツルッと滑る。

「ありがと、でも、魔石なんだ」

それなら吸えるのではないか。

「アイン様……もしかして」

「よし、吸っちゃおう」

そう言って、水草から魔石を取る。

手のひらで握って毒素分解と吸収を作用させると、全身を奔《はし》る清涼感に包まれた。爽《さわ》やかで、喉《のど》をぐっと潤わせてきたのだ。全身に染み渡った水の恵みに味らしきものはなかったものの、この森の心地よい空気と泉の水……すべてが凝縮されたような魔力だった。

アインの身体《からだ》から一瞬で疲れが消えて、視界すら鮮明になり色が更に濃く見えた。

「どうでしたか？」

「この森がすごいってことを再確認した」

「もー、なんですかそれー……。美味《おい》しかったなら良かったですけども……」

美味しかったという表現は正しくないかもしれない。

しかし空気を美味しいということもある。そういう意味では正しいのだろう。

「俺、ここに住める」

「住まないので先を急ぎましょうね」

「……何て歯がゆい返事なんだ」

「えぇー……どうして不満そうなんですか……」

「冗談だよ。何にせよ、シス・ミルに来てよかったなっていうのは本当だから」

味の答えは聞けなかったが、この返事はすごくいい。

生まれ故郷を褒められたクリスは穏やかな微笑《ほほえ》みを浮かべた。

「そろそろ行こっか」

もっと楽しんでいくことも考えたが、今は先を急ぎたい。

アインの提案を聞いたクリスは「はいっ」と元気よく頷くと、アインを連れて、エルフの長が待つシス・ミル奥地への道を指し示した。

そして、泉の上流の方へ進むこと、更に数時間が経《た》つ。左右を木々に囲まれたなだらかな坂道に差し掛かり、久しぶりに陽《ひ》の光が直接差し込むところに足を運んでいた。

「あっ」

坂の先を見ていたクリスが何かに気が付いた。

「見てください、アイン様をお迎えに来たみたいですよ」

先日、王都で見たままのシエラが坂の先に立っていた。

今日は戦士だけではなく、同胞の女性たちも連れており、以前にも増して賑《にぎ》やかだ。

「穢《けが》れを払う古き霊峰、シス・ミルへようこそお越しくださいました」

「ああ、約束通り来たよ」

「いらっしゃる日を心待ちにしておりました。どうぞこちらへ。我らエルフは、いと尊きお方のご来訪を心より歓迎致します」

彼女がそう言った刹那《せつな》、周囲の森がざわついた。

決して不穏ではない。穏やかに揺れ、葉が擦《こす》れ合う音はまるでアインを称《たた》える拍手だ。

一陣の風が皆の間を吹き抜ける。

その時、風の音に混じって少女たちの声がした。

聞こえてきたのは、くすくすと笑う声だ。

「木霊も、アイン様を歓迎してるみたいです」

「歓迎されるのは嬉《うれ》しいけど、木霊《こだま》って？」

「私たちエルフでも、一生に一度も会えないことがあるくらい、人前に出てくるのが珍しい存在なんです」

「……そりゃすごい」

ここでも何かありそうだ。

アインはそんな予感を募らせて、密《ひそ》かに小さくため息を漏らした。

ハイムと暗殺と

シス・ミルにアインが到着したのと同時刻、町に残っていたクローネ。

彼女はオーガスト商会の建物に用意された自室から、窓の外に広がる夕間暮れを眺めながら茶を嗜《たしな》んでいた。

珍しく、椅子の上で膝《ひざ》を抱きながら。

膝にはアインが置いていった上着を掛けて。

「……今は何をしてるのかしら」

こうして彼のことを思っていたところへ。

扉がノックされ、クローネはその音へどうぞと答える。

現れたのはグラーフだ。

「相変わらず見事な仕事っぷりであった」

「お褒めに与《あずか》り光栄です」

「惚《ほ》れ惚《ぼ》れするような字も良い。以前にも増してな」

「気に入らない字だって言われないように練習してますから」

以前の、ハイムとの会談のことを口にする。ティグルに言われた皮肉に対し、彼女は彼女なりに自分が成長できるよう努めてきた。

成果が出たと思えば、悪い気はしない。

「お爺《じい》様の仕事は終わったのですか？」

「うむ、つい先ほどな」

グラーフは答えて間もなく、クローネの傍《そば》にある椅子に腰を下ろす。

「良い香りだ」

「最近はベリアさんにもお茶を教わっているんです」

「確か……妃殿下が婆やと呼ぶ給仕だったか」

「ええ。ウォーレン様と同じく、古くからイシュタリカに仕えてきたお方ですよ」

「良き師を持ったな。どれ、儂《わし》にも一杯貰《もら》えないか？」

快諾したクローネが茶を用意すれば、グラーフはすぐに舌鼓を打った。

ふと。

孫娘の字のことを思い出して。

「儂らの手紙が届く頃《ころ》か」

いつだったかは覚えていないが、ハイムに向けて手紙を認《したた》めた。

エウロ経由で送っていたことを思い返した。

「そうですね、そろそろアウグストのお屋敷に届いてるかもしれません」

「ハーレイのことだ。どうせ騒ぎ立てるだろう」

「ふふっ、お父様ですものね」

二人は顔を見合わせて笑い、遠く離れた家族を想《おも》う。

「そしてお母様に窘《たしな》められて、でも優しいお母様が気持ちは分かるって言葉を添えるんです」

「ああ、その光景を何度見たか分からん」

空が夜の帳《とばり》に覆われだした頃。

二人はそんな予想に花を咲かせた。


――――実際、あまり大差ない状況がアウグスト邸で繰り広げられようとしていた。

今日のエレナは頃合いの良いところで仕事を終わらせて、珍しく陽が傾いて間もない時間に屋敷への帰路についた。

扉が開いた先で彼女を待っていたのは、年甲斐《としがい》もなく喜ぶ夫《ハーレイ》の姿だ。

「クローネからの手紙が届いたんだ！　やっとクローネが自分で書いた手紙が届いたんだよ！」

彼は片手に手紙を持ち、小躍りしながらエレナに抱き着いた。

気持ちは分かる。

久しぶりに送られてきた手紙で、娘の直筆だ。ハーレイからしてみれば、先日、直接顔を合わせていたエレナと違い、唯一の連絡手段だ。

だから分からないわけではなかったのだが。

「気持ちは分かるけどいい大人がはしゃぎすぎないッ！」

喜びを分かち合う気は当然あるが、仕事帰りのエレナには強烈すぎた。

ひとまず、持っていた鞄《かばん》を給仕に預ける。

夫の手をぐいっと強く引いて、屋敷の中にある自分の執務室へ向かって行く。

（お義父《とう》様が退いてからというもの、どうにも落ち着きを失している気がするわ）

「エレナ、どうかしたのかい？」

「あなたの落ち着きがなくなってる気がしたの。機会があったら、お義父様に再教育して頂いた方がいいかしら」

「……勘弁してくれるかい？」

いつから尻《しり》に敷かれていたか？　その疑問にはこう答えるしかない。最初からだ。

しかし相性は最高に良かった。

ハーレイはグラーフの子として優秀な成績を収め人当たりも良く、多くの人間から好まれていたが、悪い意味で、貴族の強引さに欠けている部分があった。

逆にエレナは勝気すぎた点もあるが、互いに補うことが出来る関係性を築けている。

社交界でも夫婦仲の良さは評判で、そうした話はよくエレナの耳に入っていた。


――――エレナはハーレイを引きずりながら執務室にたどり着き、扉を開けた。

「ほら、中で見せて」

「あ、ああ！　そうだね！　実は私もまだ読んでいないいんだ！　見てご覧よ、まだ封を開けてもないんだ！」

夫の小さな気遣いに頰《ほお》を緩め、彼が持っている手紙に目を向ける。

ソファがいいか。

別に仕事ではないし、座ってゆっくり読ませてもらおう。

「あなた」

夫をソファに呼び寄せて、腰を下ろしたところで手紙の封に手を掛けた。見た目はごくありふれた封筒で、中に収められていた紙も安物だ。

「気を遣わせちゃったかな」

「でもいい気遣いいね。下手《へた》に豪華だと中を検《あらた》められていた可能性もあるわ」

二人は冷静を装いつつも、心が手紙を読むことを急《せ》かしていた。

エレナの手元はいつもに比べて忙《せわ》しない。紙を取り出す動きも、開ける動きも落ち着きに欠けているような気がした。

二人の視線は手紙に釘付《くぎづ》けになる。

書かれていた内容に目を通すこと数分、先に口を開いたのは夫のハーレイであった。

「本当に父上はすごいお方だよ。クローネに楽をさせたいという思いもあっただろう。それに環境も整っていたかもしれない。だけどイシュタリカで成功を収めたという話はいつ聞いても、我が父ながら恐ろしい人だと思ってしまうよ」

これまでも何度か近況は耳にしていたが、感嘆するばかりだ。

「頭が痛くなる話でもあるのよね」

「私もそうだよ。父上が居なくなってからというもの、ハイムが誇っていた商業面は停滞しているだけだ」

かつて陸運の覇者と呼ばれていた男の不在による影響は決して小さくない。

そんな男だからこそ、イシュタリカでも成功を収められたのだろう。

「お義父様にもクローネにも、この国は狭すぎたのよ」

「これでも大陸一を謳《うた》ってる大国なんだけどね」

二人はつづけて手紙を読んだ。

決して一度だけに留《とど》まらず、同じ文言に何度も目を通したのだ。

他に書かれていたことと言えば、日常に起きた小さなことや城での生活。アインの補佐官として何をしているのかが、二人に教えても大丈夫な範囲で書かれている。途中からは想い人《アイン》とのことも。

幼いクローネを知る両親からすれば、彼女の変化は微笑ましい。

手紙の最後にはこう記されている。

『いつかまた、家族みんなで食事ができますように』

と。

「ええ……いつかまた、皆で食卓を囲みたいわね」

「そうだね。何年後になるか分からないけど、私もクローネの想い人にお会いしたいものだよ」

「会えるかしら？」

「難しいだろうね。相手は王太子殿下だから」

「私と一緒に街を彷徨《さまよ》ってみる？　もしかしたら宿を紹介してくれるかも」

港町マグナでのことを笑い話として語り、未来に期待した。


さて、手紙のことは一段落した。

エレナは仕事で疲れていたことを思い出して、背中を伸ばしながら声を漏らす。

「んー……っ！　何もないときだったら、このままいい気分で寝られたのよね」

「例の件は私も心配してるよ。ただ私としては、第三王子殿下のことも気になるけどね」

「殿下のことも心配だけど、今はこっちの方が大切よ」

ハイム王国第三王子、ティグル・フォン・ハイム。彼は今、茫然自失《ぼうぜんじしつ》とまではいかずとも、無気力な日々を過ごしていた。

イシュタリカとの会談以降、人が変わったように物静かになってしまっていたのだ。

王城にある自室からは、力なく窓の外を眺める毎日。

もう、一か月以上が経《た》ったというのに、回復の兆しは見えていなかった。

そんな彼を心配する者は大勢いた。未来のハイム王の有力候補ということもあり、イシュタリカが思う以上に、城内での評判は良かったからだ。

勿論《もちろん》、クローネの母であるエレナもそのうちの一人である。

けれど今の彼女には、彼を慮《おもんぱか》る余裕が無かった。

「人攫《さら》いの方がよっぽど大ごとよ」

というのも、今発言した人攫いという言葉によるものだ。

「私が城を出る前に、八人目の被害者が出たと報告が来たわ」

「八人目か……爵位は？」

「伯爵家ね」

エレナはおもむろに懐を漁《あさ》り、一通の報告書をハーレイに渡した。

「貴族の階級を問わずの誘拐事件……とんでもない話だよ。ハイムの歴史上でも類を見ない」

「城では派閥争いの一環だろうって言われてたけど、これはやりすぎよ」

報告書を見てみると、書いてあったのはとある貴族の嫡男が誘拐されたというものだ。そもそも貴族の誘拐なんて、一人されただけでも大ごとである。だが、それが八件、ここ最近のうちに立てつづけに発生していた。

「いくつかの貴族たちの間では、イシュタリカのせいだって言われてるそうだね」

「馬鹿よね、これが彼らにとって何の意味もないことぐらい、簡単に想像できるのに。そんな噂《うわさ》は早いうちに収めてほしいわ」

「私も火消しに力を尽くしてるんだけどね、疑念が新たな疑念を生むだけだ」

「くだらない話よ……。やっとのことで戦争を回避できたっていうのに」

とはいえ、噂が出回ってしまう気持ちは分かる。

イシュタリカとの因縁に決着がついてから、まだ何か月も経《た》っていないから。


――――ドン、ドン、ドン！

唐突に、扉が力任せにノックされた。

二人は互いに怪訝《けげん》な面持ちを浮かべたが。

「私が行こう」

ハーレイが先だって扉に向かうと、開けてすぐに勢いよく足を踏み入れて来たのは、アウグスト家の私兵だ。

「無礼はご容赦を！　お二人とも、急ぎ城へ向かってください！」

「きゅ、急にどうしたんだい？」

私兵は息を整え、鬼気迫る表情で語る。

「――――だ、第二王子殿下が……ッ！」

次に近衛《このえ》騎士が言った言葉を聞いて、二人の頭は真っ白になった。

◇◇◇

大陸の覇者を称《とな》えつづけてきたハイムが誇る王城、エレナはその謁見《えっけん》の間に足を運んだ。夫のハーレイもまた城に来たが、彼はすぐに状況を察し、自身がするべき仕事をするために彼女の下を離れている。

「…………」

エレナは目の当たりにした光景に、言葉を失ってしまっている。

大理石の床には金糸をふんだんに使った絨毯《じゆうたん》が敷き詰められ、所狭しと光が灯《とも》されている。ハイムの富を表す、贅《ぜい》を凝らした王家自慢の謁見の間の中央には、辺りの豪奢《ごうしや》さに劣らぬ輝かしい棺桶《かんおけ》が一つ。

その棺桶こそが、言葉を失ってしまった理由なのだ。

「おおぉぉぉ……ッ！　なぜ！　なぜ我が子がこのような姿に……ッ」

棺桶にもたれかかり泣き崩れたのはガーランドだ。彼が抱いた棺桶には、身体《からだ》が欠損した遺体が収められている。されど王族として恥じぬ豪華絢爛《けんらん》な衣装を着せられ、欠損した部位には木彫りの身体を添えていた。

「兄上ッ……兄上ッ……！」

ガーランドの反対側では、ティグルが同じく涙を流す。

そして、何歩か距離を空けて、第一王子のレイフォンが立つ。さすがのレイフォンも今日はふてぶてしさが鳴りをひそめ、目元を涙で濡《ぬ》らしていた。

それも仕方がないだろう。

何故《なぜ》ならば、棺桶に収められた遺体が弟、第二王子のモノであるからだ。

王族が悲しみに明け暮れていたところへと、ガーランドが待ちわびていた人物が足を運ぶ。

「陛下！　ローガス様がいらっしゃいました！」

近衛騎士が礼を失した態度で言うも、誰一人として気にしなかった。むしろガーランドは泣きはらした顔にも希望を見出《みいだ》し、よたよたと、力ない動きながら立ち上がる。

「ローガスッ！　あぁローガスよッ！」

ガーランドの喚《わめ》き声を聞き、ローガスは御前にかかわらず駆け足で隣にやって来た。

「……遅くなりました、陛下」

「おぉ、おぉ……よくぞ、よくぞ来てくれた……ッ！」

ガーランドはローガスを迎えると、背中を押して第二王子の棺桶の前に向かわせる。

どうやらローガスもこれ以上ないほどに疲れた様子だったが、ガーランドの後押しを受け、哀切を極めた面持ちで棺桶の前で膝《ひざ》をついた。

棺桶のガラス窓から覗《のぞ》き込み、目を閉じて、唇を強く結んだ。

「殿下、どうして殿下のようなお方が命を奪われたのですか……ッ！」

「ああそうなのだッ！　どうして我が子の命が奪われた⁉　なぜだ⁉　なぜこのようなことになったのだッ⁉」

「恐れながら陛下。殿下はご自室にいらしたと聞きます。見張りは一体何をしていたのですか」

「知るわけがなかろうッ⁉　皆例外なく殺されていたのだからなッ！」

それを聞いたローガスは分からなかった。

城に入り込んだ賊が王族の命を狙《ねら》ったというのなら、どうして国王は狙わなかったのか。そして第二王子であった理由も分からない。本来なら第一王子か、次期国王として有力な第三王子のティグルを狙うべきであろうから。

例えば私怨《しえん》で第二王子を狙った可能性もある。

だが、これは考えにくい話だ。第二王子は求心力が強い男ではなかったが、決して敵を作るような男でもなかった。

だったら他の王子による暗殺、というのもまた違う。

事実上、ティグルが次の国王になることに対し、他の二人の王子は反対すらしていない。暗殺をする道理がないのだ。

また、もう一つ気になることがあった。

城に入り込んで暗殺を成し遂げ、あまつさえ騎士の命も奪って逃走したという賊の実力だ。

「イシュタリカなのか？　イシュタリカが我が子を殺したのかッ⁉」

そうだ、ローガスもこのことを疑っていた。

しかしそれにしても解せない。

「陛下、イシュタリカの犯行ではないと思われます。奴らならば暗殺は選ばず、我らがハイムに直接戦争を仕掛けてくるかと」

「では誰だッ！　誰が我らを狙うッ⁉」

「……分かりません」

しかしやるべきことは決まっている。

「すでに犯人の捜索にあたっております。今少し、お時間をくださいませ」

「ローガス……やはりお主は誰よりも頼もしい男よ……」

「身に余る光栄です。……ですが、一つ決めておかねばなりません」

爪が皮膚に食い込むほどローガスは手に力を籠《こ》める。するとこれまで見せなかった憎しみに満ちた表情を浮かべ、次の言葉を述べる。

「それが他国の犯行だった場合、我らはその国に対してどう対応するか、です」

答えなんて決まっている。

それはローガスも同じことだったが、ローガスは敢《あ》えてガーランドに尋ねた。

「決まっておろう！　国ごと滅ぼすだけのことだッ！　我らが家族と同じ目に遭わせねばならんッ！」

「その通りです。我らハイムは賊をどこまでも追い詰めて、その首を晒《さら》さねばなりません」

「――――そうだ、その通りだ……ッ！」

「陛下。今こそこの私に一任を。大陸中を調べ上げ、なんとしても犯人を探し出してみせましょう」

「ああローガスよッ！　お主に全《すべ》てを任せよう！　軍の指揮権を全て任せる。だから頼む……我が子の無念を、我らが家族の無念を晴らしてくれぬかッ！」

王の言葉の許《もと》、大将軍ローガスに対して軍の指揮権が委譲される。

「お任せください。すでにブルーノ侯爵家もご尽力くださっております。一日でも早く、賊を探し出してみせましょうッ！」

「あのシャノン殿たちも動いてくれたのなら頼もしい限りだ。――――頼んだぞッ！」

ガーランドは最後にローガスの肩を強く叩《たた》き、真摯《しんし》な瞳《ひとみ》で感謝の念を伝えた。

王の血脈

――いと尊きお方。

アインはエルフとすれ違うたびにそう声をかけられた。王都で畏敬《いけい》の念を向けられないことはなかったが、ここシス・ミルでは更に上をいく。

(それにしても凄《すご》い場所だ)

シス・ミルの中でも、エルフが住む場所はまた雰囲気が違う。

ここは開けた場所でありながら、何本かの巨大な樹木に囲まれている。

樹木は横に斜めにと縦横無尽に伸びていて、特に横向きに生えた太い枝にはツリーハウスや、切った木材で階段が設けられている。

地面に造られた家々もまた、太い切り株をそのまま利用したものが多い。そこにもまた螺旋《らせん》状に造られた階段であったり、中にはツリーハウス用の床を何層にも重ねて仕切り、いくつかの家々が立ち並ぶものも見受けられた。

あとは、中央にある泉も目を引く。

泉から流れた水は、太陽樹があった泉まで流れていくそう。

流れを辿《たど》ると、渓谷までつづく水脈なんだとか。

そして残るは長《おさ》の屋敷だ。

屋敷はここの最奥に位置して、ひと際強い存在感を放っている。全貌《ぜんぼう》は一際大きな切り株で、直径は百メートルにも及ぶかもしれない。それほど大きな切り株をくりぬいて造られたのが長の家であると、シエラから聞いた。

そのシエラが提案する。

「屋敷に部屋を用意してございます」

だが、アインは首を振って固辞してしまう。

「クリスの家に泊まることになってるから大丈夫だよ」

安全面でもそうするべきとシルヴァードが言ったからだ。クリスの承諾は取ってあるし彼の一存で決まったわけではない。

「夕食をとってから長の屋敷に行きたい。夜になっても大丈夫？」

「承知致しました。長にもそう伝えておきますね」

二人は予定を確認したところで間もなく別れ、アインはクリスの案内で彼女の家へ向かって行った。

◇　◇　◇

クリスの家はこの辺りのはずれにある。

普通の民家ほどの大きさのある切り株で造られていて、入り口までは木で造られた階段があった。

――――ギィ。

可愛《かわい》らしい丸い外観をした分厚い木の扉を開けると、軋《きし》む音が入り口付近に響き渡った。

傾き始めた陽《ひ》の光が窓から差し込むが、森の中とあって室内は薄暗い。

「明るくしますね」

クリスは慣れた様子で近くに置かれた水晶のような球体に触れた。

すると天井に吊られた照明も、壁に備え付けられたランプも、一瞬で光を宿して、家じゅうを明るく照らしてしまう。

「今のって魔道具だよね」

「はい。私と姉の初任給で二つの魔道具を買ったんですよ」

「へぇー……ちなみにもう一つは？」

「もう一つはですねー、あれです！」

彼女が指を差したところにあるのは、吸気口が数個ついた木箱だった。

「すっごく高かったんですよ。あれは掃除用の魔道具なんです。……私たちって常に家を空けていたので、埃《ほこり》が溜《た》まらないようにしたくて買っちゃいました」

嬉《うれ》しそうに説明するクリスからは柔らかな印象を受ける。

両手を背中の腰の部分で組み、鼻歌を歌いながら歩く姿はプライベートそのものだ。今までも軽装だったが、鎧《よろい》を脱ぐと騎士服のジャケットも脱いで壁に掛け、白いシャツと騎士服のスカート姿になり、シャツのボタンを一つ外してしまう。

「だから部屋が綺麗《きれい》だったんだ」

「あははは……じゃないと、アイン様をご招待なんてできませんもん」

クリスは長い金髪を揺らして振り返ると、恥ずかしそうに頬《ほお》を掻《か》く。

歩くたびにコン、コン、と鳴る木の床の音が心地《ここち》良い。

「お好きな席にどうぞ」

苦笑いを浮かべ、アインに座るように促した。

「ん、ありがと」

この家の雰囲気はどこを見ても木目が美しい木材の家具だらけで、温かい。

橙色《だいだいいろ》の光る灯《あか》りも影響してか、なんともリラックスできる環境だった。中央には切り株を使ってできた大きなテーブルが置かれている。目当ての椅子と言えば、テーブルの傍《そば》に置かれたいくつもの木の椅子と、茶色い革張りのソファだ。

「ソファに座ってもいいかな」

「勿論《もちろん》です。座って待っていてくださいね。冷たい飲み物と、マーサさんから預かった料理を温めてきますから」

「いつの間にそんなものを……」

「その、私が料理苦手なのもあって、気を遣ってくれたみたいで」

さすがはマーサだ。

恐らくは、食料を魔道具か何かに保管してクリスに渡していたのだろう。

「でも大丈夫ですからね！　温めるだけなら私でもできますから！」

意気込んだクリスがアインから離れ、部屋の隅にある扉からキッチンへ向かう。

残されたアインは窓の外の風景に目を向ける。

茜色《あかねいろ》の光に照らされたシス・ミルが郷愁を感じさせる。不思議と落ち着ける景色《けしき》で、心が洗われていくようだ。

食事が温まるまで、ソファに座って外を眺めているのもよさそうだ。

「あ、コレいい」

もちもちした感触が癖になる、座り心地の良いソファだった。

「クリスー、このソファって中に何が入ってるの？」

キッチンに居るクリスがアインの声を聞いて扉から顔を覗かせた。

「気に入ってくださったんですか⁉」

「割と好きっていうか、むしろ城にもあっていいぐらい気に入っちゃった。だから中身が気になったんだよね」

「特に高いものは使ってませんよ？　その中身って樹液ですもん」

「――――え」

「あ、樹液と言っても、熱を加えると膨らむ樹液があるんです。集めて綺麗に洗ってから、魔法で温めて膨らませるんですよ」

ゴム的なあれだ。

アインはほぼ覚えていない前世の記憶からその単語を思い出し、エルフの技術に驚いた。

「城にも同じような椅子を置けたりするかな？」

「任せてください！　樹液があれば私が作れますよー！」

別に秘密の技術でもないようで、クリスはあっさりと承諾した。

ちょっとしたお土産が出来たような気分で、アインは上機嫌になる。

「ってことは、このソファもクリスの手作り？」

「うっ……実は不器用ながら頑張って作ったんです。細かいところは見ないでくださいねっ！」

（すごっ）

不器用ながらとか言ってるが、革を丁寧に縫い合わせて中身も詰めているのだから、どこが不器用なのか分からない。

ふと。

アインの腹が空腹の知らせを鳴らした。

また、ソファに座っていると思っていたよりも足腰が重くなっていたことに気が付く。

「意外と疲れてたのかな」

ため息交じりに呟《つぶや》けば、瞼《まぶた》がとろんと重くなり、気だるい感覚と共に眠気が少しずつ襲い掛かる。

休憩を挟んでいたとはいえ、歩きにくい道を半日も進んできたのだから、身体《からだ》が睡眠を求めるのも当然だった。

それに加えて、クリスの家の雰囲気も影響している気がしてならない。

彼女のように優しげで温かな雰囲気のつくりが、アインに寛《くつろ》ぎの感覚を与えつづけていた。

食事をしたら一度休もう。

アインのそんな想《おも》いに応《こた》えるように、クリスの声が届く。

「あと少しだけ待っててくださいねーっ」

キッチンから聞こえたクリスの声に「分かった」と返事を返すと、頬を叩いて気合を込める。

食事をとって、英気を養おう。長との会話に向けて気を引き締めた。

◇　◇　◇

食事をとり、一時間程度の休憩を終えると、クリスに連れられてアインは外に出る。目指すところは長の住む屋敷だ。

長に会うためにアインは正装の外套《がいとう》を羽織り、腰には黒剣を携えている。

この姿で歩いていると気が引き締まると同時に、外の雰囲気が先ほどと違うことに気が付く。

辺りには一定間隔で松明《たいまつ》が立てられていた。

それと共に、泉に映った月明かりが青く反射し、独特の雰囲気を醸し出す。

夕方と比べれば人通りはめっきりと減り、見張りや大人が数人外にいる程度だ。彼らはアインを見ると、すぐに胸へ手を当てて頭を下げてくる。注視して見ると、全員が左胸に手を当てていた。

「エルフが左胸に手を添えるのってどういう意味があるの？」

「あれは相手への忠誠心を伝えるための行動です。なので友人同士や家族同士では行いません。魔石とは反対側の胸を指して、核を捧《ささ》げる――――って意味なんですよ」

「魔石……そっか。エルフの魔石って右胸にあるんだっけ」

左手にあの時の熱と感触がよみがえってくる。アインが悩んでいた時の、初代国王ジェイルの墓石のことに気が付く頃《ころ》の話だ。

するとクリスはアインが何を考えているのか察したようで、顔を赤くして言う。

「思い出さないでください……恥ずかしいので……」

考えてみればお互いに大胆な行動をしていたと思う。羞恥心《しゅうちしん》が生じるのも仕方ないだろう。

「もう長のお屋敷の目の前ですよ！　ほら！　長のお屋敷です！」

「ほんとだ。シエラさんも居る」

屋敷の入り口にはシエラが立っていた。

そして彼女の隣には、屈強な男性のエルフが控える。彼はアインと比べても若干背が高い。エルフらしい長い金髪をゆるく一本に束ねており、革製の防具を身に着けていた。

背中にはエルフにしては珍しく、大剣を背負っている。

「シエラさんの隣にいる人は？」

「戦士長のサイラスさんです。ここでは一番強い方ですね」

彼女の横顔を見ていると、長の屋敷の前に来たとあってか、かしこまった表情を浮かべている。

アインはクリスとどちらが強いのか尋ねようとしたが、この疑問を飲み込んだ。

こうして歩くことあと十数秒、やって来たアインを見てシエラが言う。

「お待ちしておりました。長が中でお待ちです」

「ありがとう。クリスと一緒に行くよ」

アインがこう答えると、クリスが一歩前を進み中に入ろうとする。

すると控えていたサイラスが「お待ちを」と、低い声で言った。

「少しお待ちいただきたい」

クリスにとってはアインが進むのを邪魔された形になる。

そのせいかクリスは若干棘《とげ》のある態度で言う。

「なんですか？」

「クリス殿はご存じのはずだが、長の部屋には、何人たりとも武器を持って向かうことは許されない。申し訳ないのだが、お二人の武器はこの私が預かりたい」

あぁ、そういうことか。

納得のいく理由を聞きアインはベルトに手を掛けたのだが、隣のクリスは首を横に振って答える。

「今回ばかりはそれには及びません。長にお会いするのは王太子殿下です。王太子殿下にご命令できるのはこの国において、シルヴァード陛下ただお一人のみです」

決して理にかなっていない話ではない。

エルフはある種、自治的なものが認められこの地に住んでいるわけだが、だからと言って、長が王族よりも上の立場ということにはならないからだ。

「俺は平気だよ」

アインはエルフの反感を買うことを危惧《きぐ》していたが、クリスも引くことはなかった。

「これだけは譲れません。アイン様のお身体を守るためですから」

彼女の言い分は勿論正しかった。

「言ってることは分かるのだが、それでは慣例を――――」

一方のサイラスは慣例を守りたいようで、クリスの言葉を聞いても迷っていた。

何か代替案はないかとアインが考えていると、こほん、と咳払《せきばら》いをしてシエラが割り込む。

「――――この件は私が預かります」

「シエラ殿！」

「お二人に慣例を強いることはできません。特に王太子殿下は木霊《こだま》に歓迎され、長が直々に招いたお方です。我らの事情を押し付けることは無礼ですから」

「……分かった。貴女《あなた》がそう言うのなら、私が口をはさむ問題ではないな」

彼がしぶしぶと認めたところで、シエラはアインを屋敷の中へ誘った。

◇◇◇

「貴女の気持ちは分かるわ。それでも、もう少し言い方を考えたら？」

中に入ったところで、シエラは呆《あき》れた様子でクリスに言葉を投げかけた。先ほどのサイラスに対しての態度に苦言を呈したのだが、それは暗に、あと少しでも、柔らかな口調でいられなかったのと尋ねているようにも見える。

「強く言わないと通してくれないと思ったんだもの」

「……さっきも言ったけど、気持ちは分かるのよ。でも今回は私にも責任があるわね。こうなると分かっていたのだから、先にサイラスさんにも伝えておくべきだった。反省してる」

二人の間で重苦しい沈黙が交わされる。

王都とシス・ミル、遠く離れたところで暮らすうちに、価値観にも違いが出来たのだろう。

幼馴染《おさななじみ》だというのだから、自分が原因でこうなるのは本意ではない。

「この屋敷は木の香りが気持ちいいね」

唐突に感想を述べて二人の意識を引いた。しかし事実、この屋敷の香りは気持ちが良かった。高い天井に広々とした廊下は当たり前のように木製だらけで、森林浴をしている気分になれる。

一見、呑気《のんき》な言葉だが、二人は密《ひそ》かに心を落ち着かせられた。

「ふふっ……――さて、殿下。あちらが長の待つお部屋です」

だだっ広い廊下を歩くこと数十秒。

目の間に鎮座していた巨大な扉の奥に、エルフの長が待っている。

「私とクリスは入り口で控えておりますので、何かありましたらお呼びくださいませ」

「分かった。それじゃクリス、行ってくるよ」

ここでクリスと別れ、アインは先んじて進み扉の前に立った。

扉は両開き。見るからに分厚そうで重量がありそうだが、城にある謁見《えっけん》の間のように、扉を開ける役目を持つ者は控えていない。だがアインが手を掛けると、重量はまったく感じなかった。微《かす》かに魔力を感じたし、扉そのものが魔道具と推測される。


さて、扉が開くと中に見えたのは、アインを待つ長の姿である。

半球状の高い天井を頭上に望む部屋の中で、彼女は部屋の中央に敷かれた絨毯《じゅうたん》の上に腰を下ろしてそこに居た。

長の外見は紛れもなく老婆だが、数百年生きてきたと言われてもピンと来ない。

七十代、あるいは八十代と言われてもしっくりくるくらいで、背筋をしっかりと伸ばし、灰色の髪をヒモでまとめた姿からは、迫る老いに負けている気配が感じられなかった。

アインが長の姿に驚きを覚えていると、長もまた、アインを見て絶句した。

「ッ――――」

すると縋《すが》るように手を伸ばしてきたと思いきや、ハッとした面持ちで自制する。

唇は弱く震え、視線が重苦しそうに下を向いた。

（……どうしたんだろう）

アインは怪訝《けげん》に思いながらも、彼女が座る絨毯へ近づいた。

目を伏せた長はすぅっと深く呼吸をして、アインが一歩、また一歩と近づいてくるのを待った。

やがて絨毯の手前に立った彼の気配に気が付くと、ゆっくりと目を開けて「大変な道のりだったでしょう」と、面前のアインを労《いたわ》る。

「ご高配に感謝します。クリスのおかげで特に問題なく来られました」

「それは何よりでございます。さぁ、こちらへお掛けください」

言われるがまま絨毯に腰を下ろして、密かに早鐘を打っていた胸に驚いた。

目の前の長は伝説になった初代国王を実際に見てきた女性だ。初代国王に憧《あこが》れを持っているアインはいつもと違い、心なしか落ち着きに欠けている。

「クリスティーナさんは、元気にしていますか？」

「え、ええ……クリスにはいつもお世話になっています。今も扉の外で俺の帰りを待ってくれていますし、頼りにしない日はありません」

取り留めのない話と言ってもいい。互いに互いの距離感を探るようなやり取りの後、二人はどちらともなく黙りこくった。

これは前兆だ。

今から訪れる衝撃に対して、一呼吸を置くための時間でもある。

「私に聞きたいことがお有りだと、陛下より伺っております」

口火を切った長が瞳《ひとみ》をアインに向けていた。

同時にアインは一瞬だけ言葉に迷う。聞きたいことはある。

赤狐《あかぎつね》についてと、初代国王と旧魔王領の関係性、そしてヴェルンシュタイン姓のことに、聖域のことだ。

この中でも最初に聞くべきは赤狐であろう。

だがここまで一緒に来たのはクリスという縁もあり、アインの心は無意識のうちにヴェルンシュタイン姓に隠された事実の答えを求めた。

「ヴェルンシュタインという姓について教えてください」

アインのなんてことない表情で語られた言葉に、一瞬、長の表情が固まった。

――知っているんだな。

変化を見逃さなかったアインは確信し、笑みを繕った長を観察した。

「クリスティーナさんのことですね」

「………」

「彼女は内気でしたが、昔から一生懸命な子でございました。シス・ミルを離れ、王都で騎士となったと聞いた時、私はとても驚い――」

「長」

強引に言葉をねじ込んだ。

ここまできて尻込《しりご》みはしないという意思を込めて。

「言い方を変えます。墓前に刻まれていたヴェルンシュタインの文字と、クリスの関係を教えてください」

どこの墓前かなんて口にしていない。

これならば、間違いだったとしても問題が無い尋ね方である。

けれどもアインは確信して言ったし、次に長が観念するであろうと分かっていた。その予感は的中して、長は確信めいたアインの言葉に諦《あきら》めた様子で肩を落とす。

「やはり――――旧王都の王家墓所に行かれたのですね」

旧王都。

シエラも口にしていた言葉だが、文脈から察するに旧魔王領のことだろう。

長の「やはり」という言葉からは、シルヴァードの手紙からこうなることを想定していた覚悟と、話すことに僅《わず》かな葛藤《かっとう》を抱いていたことが分かる。

「本来は旧王都と言うのですね」

「今ではこの言葉を口にする者も私ぐらいです。さて、詳しくお伝えするより先にお部屋に細工を致しましょう」

長はそう口にすると、背後から短い杖《つえ》を取り出して絨毯を三回ほど叩《たた》く。金切り声のような音が何処《どこ》からともなく一瞬だけ響き渡ったと思えば、気温が数度低下したようにひんやりとした空気がアインを包み込んだ。

「封印のようなものです。音を外に漏らさぬよう、古い術を使わせて頂きました」

杖を音もなく絨毯に置いて、アインをじっと見据えた。

「回りくどい話は好みません。殿下はラビオラ妃の墓前で、ヴェルンシュタインと刻まれていたのを確認なさったのですね」

また、随分と単刀直入に聞くものだ。

アインは長の言葉に一瞬だけ気圧《けお》される。なるほど。これが長の持つ気配なのだなと。

「はい。最初は旧姓が刻まれているのかと思ったのですが、その姓がクリスと同じだったことに驚き、こうして尋ねるに至ります」

「驚かれるのも無理はございません。して、案内をしたのはマルコ様でしょうか？」

「ッ……マルコを知ってるんですか⁉」

「存じ上げております。あのお方はお元気にしておいでですか？」

「…………」

この問いに対しての答えをアインは見つけられず。

首を横に振るだけに留《とど》めた。

「そう、ですか。……マルコ様はご自身の使命を果たされたのですね」

長は至極当然と言わんばかりにマルコが魔王城に居た理由を口にすると、難しい表情をしながらも、これから語ることを頭の中で整理した。

郷愁に浸り、一言には収まらない感情の波に心を委ね、やがて深く息を吐く。

最後にアインの顔を覗《のぞ》き見《み》て、一人頷《うなず》いて決意を抱いた。

「とても長い話となりますよ」

「覚悟の上です。どうか聞かせてください」

「大戦の前の話もするべきでしょうが、それでは長くなりすぎますね。……では、私が最後にラビオラ妃とお会いした際のことをお話し致しましょう」

それを聞き、アインは多くの手がかりを得られそうだと喜ぶ。

同時に脈拍が速くなるのを感じ、身体《からだ》中が強張《こわば》り緊張しているのに気が付く。

「あの悲しき大戦の後、私は僅かな生き残りのエルフたちと協力し、イシュタリカの復興に取り掛かっていたのです。当時の同胞も今では一人もおりません。私一人が、しぶとく生きながらえて参りました」

いつものように、復興に取り掛かっていたある日のことだ。

「突然、ラビオラ妃の使いがやってきました。するとその方が私に言うのです。『妃殿下がお呼びだ。魔王城まで足を運んでほしい』と」

けれど当時は水列車が無かった。

移動には今とは比較にならない時間が必要となったが、彼女は慌てて使いと共に、ラビオラが待つ場所へ足を運ぶ。

「私が魔王城に到着したときには、ラビオラ妃がご自身の給仕の方と共に待っておいででした。マルコ様もお隣にいて、ラビオラ妃をお守りしていたのを覚えています」

するとラビオラは長を見て「久しぶりね」と弾《はず》んだ声で話しかけた。

長が「お久しぶりです」と答えれば、ラビオラは優しく微笑《ほほえ》み、城内に足を踏み入れた。一体何があったのかと不安そうにしていた長を、マルコが手招いたのだという。

アインにはそのマルコの姿が容易に想像できた。

「ご存じかと思いますが、王家墓所の手前には、例の呪《のろ》いの部屋がございます」

なんとも気分の悪くなる部屋だった。

やけに現実味に溢《あふ》れた、黒い欲望が蠢《うごめ》く気持ちの悪い部屋だったことを思い出す。

「なぜあの部屋の奥に王家墓所があるかといいますと、あの地《王家墓所》はミスティ様が結界を作られた場所なのです。それは旧王都の住民を守るために作られた、いわばこのシス・ミルと同じ聖域のような領域。試してはいらっしゃらないと思いますが、あの地は城内からしか向かうことができない、特別な領域なのです」

屋外から侵入しようとしても入れないということだろう。

「それをあの獣が呪いの部屋に変えてしまったのです」

「予想していた通りです」

「話を戻しましょう。ラビオラ妃と再会した私は、マルコ様やラビオラ妃に守られながら、その呪いの部屋を通りました。すると王家墓所にはすでに新たな穴が掘られ、職人に作られた一つの棺桶《かんおけ》が納められておりました。墓石までご用意されていたのです」

「……初代陛下の、いいえ、ジェイル陛下の墓石ですね」

一体誰が旧魔王領まで遺体を運んだのか、これがついに明らかになった。

まさか王妃自身だったとは。

ところで、アインが言い直したのは、事情を知る長ならば、初代陛下の言葉が意味するのはアーシェと思ったからだ。

こう鑑みて改めたのだが、長は首を横に振ってしまう。

「今すぐに呼び方を変えるのはお辛《つら》いでしょう。私も今はジェイル陛下のことを初代陛下とお呼びします。アーシェ陛下のことは、そのままアーシェ陛下と」

逆に気を遣われて、返事をする間もなくつづきを語られる。

「私は陛下が亡くなったと耳にしておりませんでした。公にする前に、こうして秘密裏に事を運んでいらしたのです。それも、今ある王都の王家墓所に埋葬したということにして、二人の従者以外には知らせずに事を進めていらっしゃったのです」

二人の従者というのは、初代国王に仕えていた二人を指す。

長は初代国王の死因については尋ねず、ただ、涙が涸《か》れるまで悲しみに暮れただけだった。そんな長を、ラビオラは気丈にも抱きしめて支えた。

ここでアインが疑問に思う。

「考えてみたのですが、二人の従者がそれを知っていたとはいえ、その計画はあまりにも無理があるのではないでしょうか？」

「ええ、ええ。殿下が仰《おつしや》る通り、ラビオラ妃は無理をなさったと思います。跡継ぎである御子《みこ》にも告げず、ああして王都を離れて埋葬するのは至難だったと思います。ですが当時のイシュタリカというのは、今のイシュタリカと比べて多くの穴がありました。それは警備の面や、連絡網など至る所にいくつも生じていました。魔道具も今ほど発達しておりませんから、今と比べれば、秘密裏に行動するのも容易だったのかもしれません」

推測に過ぎないが、長もそれ以上は分からないのだろう。

「すみません。少し興奮してしまったようです」

長は目じりを下げた。

しかしすぐに視線を左右に震わせて、まばたきを速く繰り返す。

アインは長が落ち着くのをただじっと待っていた。

「それから、我々は大広間に戻りました。ラビオラ妃の給仕が不意に使いの方と目配せを交わし、そっと私の前を去ります。それから数分が経《た》った頃《ころ》でした。彼女は手に男の赤子を抱き抱えて戻ってきたのです」

目を見開き、アインが絶句する。

不規則にまばたきを繰り返してしまい呼吸も落ち着かない。はっ、はっ、と短い呼吸で胸まで早鐘を打ち出す。

「――……ラビオラ妃は私に、二人目の御子をお預けになられたのです」

待ってほしい。

どうして預けたのか、どうして預けようと思ったのか。

そしてなぜエルフをその相手に選んだのか……多くの疑問が頭をよぎる。

だが、そんな中でも一つだけ理解できたことがあった。

「っ……お、長！　待ってください！　まさかクリスは――ッ」

絨毯《じゅうたん》に手をついて、慌てた様子で長に近づく。

多くの手汗が生じ、両手が滑りそうになった。

「殿下はピクシーという種族について、どれほどご存じでしょうか」

「全くと言っていいほど……何も……ッ！」

「ピクシーは数少ない妖精《ようせい》族の中でも更に特殊です」

頭を整理しきれておらず慌てた様子のアインに対して、長は残酷なほど淡々とつづけた。

「光と共に生まれ、光と共に消える。それがピクシーの一生と言われ、子を宿しても外見に違いは生じません。産むときは自らの身体《からだ》から光を発し、それと共に子が誕生します。また、ピクシーは晩年になっても若い姿で、その姿のまま天寿を全うするのです」

子を宿した王妃なんて、確実に警備が厳しくなるだろう。

それを回避できるような体質があったなんて、アインは初耳だ。

今の話が事実なら、一見すれば孕《はら》んでいるかなんて分からないだろう。ということはだ。王妃が二人目の子を孕んでいたことは、二人の従者以外は知らなかったということになってしまう。

「ラビオラ妃は御子を愛《いと》おしそうに抱きしめると、白い布に包《くる》まれた御子の額に口づけをされていました。最後は疲れた表情で『ごめんなさい』と仰って、御子を私に手渡しました」

「……どうして――――」

どうしてそんなことを。

感情が入り組む中、アインはこんな疑問を抱いた。

長は間髪容れずその理由を語る。

「大戦後のイシュタリカは揺らいでいたのです。たとえ英雄王とも謳《うた》われるジェイル陛下が先頭に立っていてもです。致し方のないことでした。大戦で多くの命が奪われ、皆が疲弊し、復興の最中にあったからです」

そんな時、ラビオラは危惧《きぐ》したのだ。

「お生まれになった二人目の御子は生まれつきお身体が弱かった。それでは当時のイシュタリカでは生きながらえることが出来ないとお思いになり、シス・ミルに住む我らに託すことを決められました」

ラビオラがシス・ミルに来たことはないそうだ。

でも託すことに決めたのは、初代国王の言葉によるものだ。敵を寄せ付けぬ力を聞き、信じての決心であったそう。

「王族としてではなく、一人の、シス・ミルに住まうイシュタリカの民として健やかに生きていてほしいと願われたのです」

「長はその願いを受け入れ……御子を迎え入れた」

彼女は目じりを下げて表情を緩め、頷いた。

「御子の名はヴィルフリート・ヴェルンシュタイン。彼はピクシー寄りの血を引いていたこともあり、三百年ほどの長い天寿を全う致しました」

気の遠くなる時間であるが、妖精族は長寿であったという。

仮にヴィルフリートが純血のピクシーであれば、更に長寿だったかもしれないと長は言った。

「彼はとても内気で、強く人見知りをする男の子でした。剣よりも本を愛し、私以外のエルフと打ち解けることはなかったのです。そう、晩年まで恋もしなかったほどでした」

彼の晩年は人間のそれとは違う。

数十年程度ではない、とても長い時間だ。

「やがて、ヴィルフリート様の下を甲斐甲斐《かいがい》しく訪ねるエルフが現れます。彼女はとても若いエルフでしたが、ヴィルフリート様の落ち着いた雰囲気に惹《ひ》かれ、恋心を抱いたのです」

彼は彼女の熱意に負け夫婦になった。

「二人は子供を儲《もう》けました。やがてその子供も大人になり、エルフと夫婦となり二人の姉妹を儲けました」

アインには長の言葉のつづきが嫌でも理解できてしまう。

(王家と縁がありそうどころの話じゃなかったんだ)

受け継いだ血の濃さは現王家の比ではない。

すべてを理解したアインの瞼《まぶた》の裏をクリスの姿が掠《かす》め、彼女の微笑《ほほえ》み、そしていつもの献身がありありと思い出される。

「もう、お分かりでしょう」

長の言葉に胸が揺さぶられた。

アインは大きく息を吸い、言葉にしないで確認する。

長女の名はセレスティーナ・ヴェルンシュタイン。

そして、二女の名がクリスティーナ・ヴェルンシュタインだ。

つまりクリスは――――。

「クリスティーナ・ヴェルンシュタインは、初代陛下の曾孫《ひまご》に当たるのですね」

長はその言葉を聞き、目を伏せて頷いたのだった。

アインは無意識のうちに頭を抱え、扉の外で待つクリスを思い浮かべる。

「殿下、どうかこの老いたエルフの願いをお聞きください。ヴェルンシュタインのことは誰《だれ》にも話さないとラビオラ妃と約束を交わしたのです。約束を違《たが》えるつもりはございませんでしたが、私は殿下に話してしまった。どうか今日の話は殿下のお心の奥底へと、優しく大事にしまっておいてくださいませんか」

本来であればそうするべきではない。

少なくともシルヴァードには伝えるべきなのだが。

長が見せた覚悟を前にアインは困惑した。

ラビオラがどんな気持ちで子を手放したのか、今では長にもそれを知る術《すべ》は残されていない。

だからこそなのだ。長とラビオラの想《おも》いを汲《く》むべきだと考えさせられる。

「クリスティーナさんのことも実は心配していました。彼女はヴィルフリート様に似て努力家でしたが、照れ屋で内気でしょう？　人見知りもする子だったので、王都で寂しくしていないか不安だったんです」

シス・ミルでは常にシエラと共に居るか、姉のセレスティーナと居たという。しかしセレスティーナが姿を消し、王都へ向かったクリスの隣には幼馴染《おさななじみ》のシエラは居なかった。

「クリスティーナさんが人見知りになってしまったのは私のせいなのです」

長は後ろめたさを抱いた声で言う。

「はじまりは私がヴィルフリート様へ特別な態度をとってしまったからです。やがてヴェルンシュタイン家は長の私と同じように、他のエルフからも一目置かれる一族となってしまいました。当然、その姓を継ぐクリスティーナさんもです」

王族だった御子を預かり、他の同胞と同じく接することは至難だ。

それがラビオラから直接頼まれたことであっても、長は完全には割り切れなかった。

「手紙もあまり届かず心配しておりましたが、先日、シエラからその理由を聞きました」

シエラが報告したのは、クリスがアインに強く懐いていたことだ。

幼馴染の彼女をもってして驚く表情、仕草、信頼を寄せる様子にはわが目を疑ってしまったそうだ。

閑話休題。

アインはここで長が言っていた言葉に興味を持った。

「ラビオラ妃に付き添っていた二人の従者はどういう方々なんですか？」

これはただの興味本位だ。

本筋の疑問には関係ないが、ラビオラが信頼した二人が気になってしまっただけのこと。

「統一国家イシュタリカ建国にあたって、お二人はとても重要な役割をもっていました。私を呼びに来た方は男性です。彼は法の整備や多くの献策を行い、初代陛下のご友人でもあらせられました。もう一人の方は女性です。彼女はラビオラ妃の給仕を務め常日頃《つねひごろ》から共に居たお方です」

それほどの人物であれば間違いなく偉人として記録があるはずなのに、アインは初耳だ。

「勉強不足だったようです。そのような二人は知りませんでした」

「建国当時の記録は極僅《ごくわず》かです。大戦で数多くの資料が燃え人々の記憶が奪われました。あのお二人は歴史の陰に消えてしまったので、殿下が知らずとも無理はありません」

「道理で初耳だったわけです。二人のお名前は何と？」

「お二人には名がありませんでした。当時は今と違いそうした異人も多くおりましたので……」

「残念です……。では、種族は何だったのですか？」

これもただの好奇心に過ぎない。

だが、アインの言葉を聞いた長は表情を一変させ、緊張した面持ちで口を開く。まるで真正面に座るアインを労るような面持ちだ。

「殿下が追っていらっしゃる種族でございます」

「俺が追ってる種族――――そんな、馬鹿な……ッ！」

「そう、赤狐です。お二人は赤狐を裏切り、初代陛下の下で戦われたのですよ」

「……あり得ない」

そんな赤狐がいるはずがないという先入観で心が支配され、長の言葉を否定した。

「いいえ、あり得るのです」

一方の長はアインの言葉に否定の意を込めて即答する。

「殿下はマルコ様のことをよくご存じの様子です。でしたら、マルコ様が居るところに二人の赤狐が居ることに違和感がございましょう」

言われてみればその通りだ。

かの忠義の騎士が目の前の赤狐に容赦するわけがない。

話によると二人はマルコに守られて呪《のろ》いの部屋を通り抜けたという。であるならば敵ではないという説得力がある。

だが、アインには一つの疑問があった。

それを予見した長が言う。

「マルコ様は騙《だま》されていたわけでも、そしてアーシェ陛下のように影響を受けていたわけでもございませんよ。従者のお二人は最初から陛下やラビオラ妃と行動を共にしておりましたから」

他でもないマルコの忠義だ。騙されていたという可能性が無いのなら、アインにとっては信じるに値する話である。

「長は本当に多くをご存じなんですね」

「殿下が少しでも有意義に感じてくださったのなら、これ以上の喜びはございません」

すると長の表情が変わり、雰囲気がより一層の厳かさに包まれる。

「赤狐の情報についてもお伝えしなければなりません」

「お願いします」

「私がお教えできることは多くありません。当時の私は幼くて戦場に出ることもありませんでしたし、隠れるように過ごしていたからです。……ですが、どれも重要な情報だと思われますでは。

長がゆっくりと。

「第一王女殿下がご購入なさった古い本には、赤狐の長として一人の女が描かれていたはずです」

「……どうしてあの本のことをご存じなんですか？」

カティマが購入したこともだ。

後程ご説明します、と長は話をつづけた。

「殿下は彼女だけが敵であるとお思いでしょうが、恐らくそうではございません」

「別の種族も敵だったと？」

「いいえ、赤狐だけです。しかし奴らの動きには一つだけではない、別の意志が合わさっていた気がするとあのお方は仰《おつしや》っておりました」

「あのお方、それって」

「ええ、初代陛下でございます」

ただはっきりしていなかったそう。

あくまでも予想で、そんな気がしていたとジェイルが口にしていたらしく。

長としても、自信をもって手紙で答えることはできなかったのだと詫《わ》びた。

しかしアインはそうは思わず。

「良い情報でした」

ジェイルの予想を聞けたことに喜んだ。

「ところで、どうしてカティマさんが買った本のことをご存じなのですか？」

長は得意げに笑って口を開く。

「あの本の売却を許可したのが私だからです。著者に関して情報が錯綜《さくそう》しているようですが、私は著者のことも知っています。ここシス・ミルで共に暮らしたこともあるお方ですから」

アインの脳裏をラビオラ妃の二子がよぎる。

彼しかいない。ヴィルフリート・ヴェルンシュタインだ。思わずその名を口にすると、長はすぐに「その通りです」と答えた。

これはなんて数奇な運命だろうか。

研究熱心で、数百年から千年単位で生きてるかもしれないと言われた高名なエルフ。今では隠居していると噂《うわさ》されていたが、まさか分かたれた王族の片割れだったとは。

「あの本には私がヴィルフリート様に教えた情報もございます」

さっきの赤狐の件は不明瞭《ふめいりょう》すぎたから教えなかったそうだ。

「道理で現実味があったわけだ……。はじめてあの本を読んだとき、随分と当時を知っているなって不思議に思ったんです」

「あの本は麓《ふもと》の町の富豪に預けていたのです。あの第一王女殿下が欲しがったと聞いた際には、これも運命かと感じ、王家の下に届けられることを喜んで売却を許可したのですよ」

「話はカティマさ——伯母には言えませんが、大事にするよう伝えます」

長は満足した表情で頷《うなず》いた。

「それにしても、今日は本当に興味深い話が聞けました」

本当はもう少し聞きたいことがあったが、長の顔には疲れが見える。

王都に来られなかった理由を鑑みたい。彼女は老いたこともあり体調が優れず、シス・ミルを出ることが敵《かな》わないのだとシエラが言っていた。

まだ何日か滞在するのだから、ここで長に無理をさせることはアインの本意ではない。

アインも今日聞いたことを整理する時間が欲しい。

「もう失礼しようと思います。また後日、時間を頂けたら嬉《うれ》しいです」

長は何度か食い下がったが、滞在期間にまだ余裕があること、急がずとも気にしていないことを伝えると頷いた。

「殿下がいらっしゃる前にも書庫を探したのですが、今一度、探してみましょう。赤狐にまつわる情報が残されているかもしれません」

「助かります」

「見つかり次第シエラを向かわせます。今しばらくお時間をくださいませ」

アインは最後に深々と頭を下げて長の部屋を出る。

外で待っていたクリスと合流すると、知ってしまった彼女の真実を頭に思い浮かべ、感情をどう整理するべきかと熟考した。

暗闇《くらやみ》の中にあって

アインが長の屋敷を辞してから数時間後、日付が変わった深夜である。

遠く離れたハイム城内はひどく慌ただしかった。

これまでも慌ただしかったが、もはや殺気立った騎士や文官たちによる異様な雰囲気に包まれていて、苛烈《かれつ》さを増すばかり。

それもそのはずだ。

行方不明だった貴族たちが次々と見つかり、例外なく、事切れていたと報告が届いたからである。

加えてつい先ほど、ラウンドハート家の前当主夫人……つまり、ローガスの母もその凶刃により首が落とされたと報告が届いた。

今、ハイムの意識は賊への殺意で統一されていたのだ。

ただ、この急な騒動に違和感を覚えていた者が居る。エレナだ。

「…………一体、何が起こっているの」

貴族が暗殺されるというだけでも大きな騒動なのだ。

だというのに、今回は王族のみならず、大将軍家の人間まで暗殺された。

それが与えた影響は計り知れない。

気になるのはこれらのことを、たかが賊に出来るだろうかという疑問だ。少なくともエレナはあり得ないと思っている。

では、やはりイシュタリカであろうか。

「あり得ない。あのウォーレン殿がこんな闇討ちをするはずがないわ」

彼はこんなことをするぐらいなら、ハイムそのものを滅ぼしにかかるという確信があった。

「エ……エレナ様！」

不意に、部下が決死の表情でやってきた。

息を切らし、額には汗を浮かべている。

今日は慌てても仕方のない日だが、それでもやってきた文官の顔は、より一層の緊張感に覆われていた。

「落ち着きなさい。どうしたの？」

「も、申し訳ありませんッ！　ですが、ローガス様が……ッ！」

ローガスも実の母を亡くした。

何か冷静を失ってるのかと思い、耳を傾ける。

「ロックダムやバードランドに向けて、武装した調査団の派遣を決定したとのことですッ！　本日の昼には出発するとのこと！」

「ッ――それを誰《だれ》から聞いたの!?」

「はっ！　近衛《このえ》騎士がつい先ほど申しておりましたッ！」

騎士がそんなことで嘘《うそ》は口にしない。

ローガスに命令されたとのことが虚偽の言葉ならば、首を切られてもおかしくないのだ。

するとやはり、ローガスの決意は本気である。

「多くの貴族が攫《さら》われていたところへと、殿下の暗殺です。ローガス様としては、これで得をするのはハイム以外であると思われたそうです」

「ええ、ええ！　言いたいことは分かるわよ！　けど急すぎるじゃない！」

調査団と口にしているものの、言い方を変えれば軍の派遣だ。いくらハイムが強国だとしても、諸国がそれに反抗しないはずがない。証拠もなしに調査をさせろと言われても、それを言われた側が「どうぞ」というわけがない。

唯一の救いはエウロを避けたことだろう。

ここでイシュタリカと一戦を交えることは是が非でも避けたい。

「他には何か言っていた？」

「……確か、エウロには書状を送るとのことです。なんでも、心当たりがないか……その旨を尋ねると耳に入れました」

「聞き方と接し方次第ね。……分かりました。エウロに書状を送るのであれば、それは私が持っていきましょう。中身も私が用意します。ローガス殿にそう伝えてちょうだい」

万が一にも、敵対的行為と見做《みな》されないために、エレナは自分でこの仕事を請け負うことにした。

エウロに渡ることになれば数日の日程を組まなければならないが、イシュタリカを刺激しないためには最善の一手と思われる。

「畏《かしこ》まりました。では、今すぐに伝えて参ります」

エレナの言葉を聞き、文官は急ぎ足で執務室を抜け出す。

後程、ローガスと軽く打ち合わせをしてから、文書について決定しようじゃないか。仕事が一つ増えてしまったが、自分があずかり知らない場所で起こらなかったことには感謝したい。

――大広間には絶えず火が灯《とも》されつづけ、亡くなった第二王子を照らした。

ガーランドは意外にも子煩悩な一面があった。彼は昼前に倒れるように気を失うまで、離れることなく第二王子の傍《そば》に寄り添っていた。

そして時を同じくして、城の外には多くの騎士が並び立っていた。

まさに有言実行で、彼らは今これよりハイムを発《た》つのだ。

「大将軍のせいで、刻一刻と戦争が近づいている」

エレナは現状を嘆きつつも嘲笑《ちようしよう》した。

そして、すぐに自重する。あまり身内のことを悪く言うものじゃないと思い、今の発言を心の中で撤回していた。

でもこのぐらいの軽口は言いたくもなる。

一夜で急転した祖国の状況に、筆舌に尽くし難い怪訝《けげん》さを抱いて止《や》まなかったからだ。

王族や貴族たちが、復讐《ふくしゆう》という一つの目標に対して一致団結している。これが大多数の意見なのだろうが、エレナはそれを不可解に感じていた。

「噛《か》み合いすぎてるのよね」

ハイムが狙《ねら》われすぎているという点だ。貴族を、そして王族を狙った犯行も。

すべてイシュタリカとの会談が終わってからの騒動というのが引っ掛かる。

完全に狙いすましたような、ハイムの愛国心に傷が生じたところでそれをさらに抉《えぐ》り、理性を刈り取って戦争を引き起こそうとするような意志が隠されている。こう考えたエレナは自分を嘲《あざけ》った。

「疲れてるのかしら」

自分の冷静さを疑ったが、頭が勝手に考えてしまう。

――私たち《ハイム》が間違えたのはいつからだろう。

一度、今回の暗殺はおいておく。

直近の傷はイシュタリカにつけられたものだ。

会談の場でエレナが戦争の口実を与えることは回避したものの、かといってハイムが国として一つでも勝てたかと聞かれると、頷けない。

ここで更に遡《さかのぼ》りたい。どうして会談をすることになったのかというと。

「すべては密約を破ってしまったからね」

時系列を追う。アインとオリビアがハイムを発ち、次に接触したエウロではティグルとグリントがひと悶着《もんちゃく》を起こした。その後、数年空いたが会談が開かれた。

どう考えても、密約を破った時がすべてのはじまりなのだ。

ここで今一度考える。いくら第二子《グリント》が分かりやすい才能に恵まれていたとはいえ、大将軍家の者が、密約を結んだ大国の王族をあのように扱うだろうか。

仮にアインとオリビアの人格に問題があれば、分からないでもない。しかしアインは真摯《しんし》に訓練に努めると、同年代では並ぶ者がいないような力を身につけていた。ハイムには生まれ持ったスキル至上主義な一面があるとはいえ、当時の振る舞いには疑問が残った。

考え方を変えてみると、ラウンドハート家の問題とハイムの問題は繋《つな》がっている。

――となれば、ラウンドハート家に狂いが生じたのは、グリントが生まれた時のはず。

聖騎士というスキルを持って生まれたグリントは武家の子としては最高の才能の持ち主だった。

彼が生まれてからというもの、アインの扱いが悪くなったと記憶している。何度も言うが、その結果としてアインとオリビアはイシュタリカに渡り、ハイムの敵のような存在となった。

いくつもの錠が、一つずつ解除されているのをエレナは感じる。

「すべてはラウンドハート家からはじまって、イシュタリカとハイムは敵対してしまった」

まるで一つずつ、舞台道具を整えるように思考は進む。

出来すぎた話だったが、構図はイシュタリカ対ハイムを作り出そうとしているように見える。

「そして今回の暗殺騒動によって、ローガス殿が調査団を派遣した」

各国を相手にした戦争に陥ることは必至だ。こうなってしまったら、最後はどうなるかというとハイムの勝利で終わる可能性が高い。

大陸の覇を称《とな》えていたハイムが名実ともに大陸の覇者となり、大陸を統一したと言えよう。すると結果的に、イシュタリカと同じ統一国家となる。

「――偶然？」

戦力の規模に違いはあれど、奇遇にも統一国家が二つ出来上がる。

偶然なのかは分からないが縁は感じる話だ。

「もう一度よく考えましょう」

ここでようやく暗殺の件に戻る。

ハイムが戦争を引き起こすきっかけとなるだろう暗殺について、それを成し遂げた賊のことを考えたい。

「さすがに暗殺者は数人のはずよね。一人であんなに殺せる暗殺者なんてローガス殿でも――」

そう、いくらローガスでも難しいだろう。

最低限でも彼以上の実力者が必要だ。だがそんな存在は限られてしまう。

エレナにとっては突拍子もない考えのつもりだったが、一人だけ、心当たりが浮かんでしまう。

――ローガス殿以上の実力者？

身体《からだ》が氷漬けになったかのように固まった。ローガス以上の実力者と言えば、エレナが知る中でも一人存在しているじゃないかと。

それはバードランドで開催される、数年ごとの武の祭典。

そこでローガスは、何度も同じ相手に敗れていたのを思い出す。

「私ったら可笑《おか》しなことを考えるわね。エドワード殿が、なんでハイムで暗殺なんか……を……」

この時、エレナは気が付いてしまった。

会談に向かう前、ティグルから小耳に挟んでいた話がある。グリントの婚約者であるシャノンが彼に伝言を頼んだそうだ。誰《だれ》への伝言かエレナも聞いていないけれど、内容はグリントから聞き、興味深かったから覚えている。

確か『新しい舞台の支度をしましょう』という言葉だったはずだ。

たかが一貴族の令嬢の言葉に過ぎない。

しかし今のような状況では、どうにも引っ掛かってしょうがないのだ。このタイミングとその言葉が、エレナの心を釘付《くぎづ》けにする。

「ただの偶然に決まってる」

杞憂《きゆう》ならばそれでいい。この疑念を解消するために一つ尋ねればいい。ブルーノ家へと、エドワードがハイムに来たのかどうかを。

その後、アムール公にも尋ねればこの疑惑は晴れる。

両者の話に食い違いがあるかどうか、見極めればそれで終わりなのだ。

アムール公が嘘《うそ》をつくことは無いと思う。イシュタリカと共謀して、この暗殺騒動を起こすはずがなければ、イシュタリカに黙ってエドワードを派遣するなんてしないはずだ。

しかし。

「駄目よ、軽率に動くべきじゃない」

何がどう仕組まれているかは分からないし、目的も分からないが、仮に予想が正しかったとしたら不穏である。少なくとも、暗殺の犯人がエレナを見逃すわけがない。

ならせめて夫に早く連絡を取りたい。

あとは大将軍のローガスにも意見を求めるべきかと思った。

「………………無理ね」

恐らくローガスはエレナの言葉に耳を貸さない。シャノンはグリントの許婚《いいなずけ》であり、二人の仲は評判になるほど良く、今はブルーノ家との絆《きずな》が王家への畏敬《いけい》の念と並ぶほど強いこともある。

「ローガス殿はお母君を殺されたから何も知らないはずよ……でも」

エドワードが賊の正体だったとすれば、間違いなくシャノンは共犯である。

「ラウンドハートにはまだ伝えられない」

ならば誰に伝えればいいのか。

味方が誰なのかもはっきりさせたかったが、家族以外に信用できる相手は――――。

「殿下なら……ティグル様なら……」

苦肉の策と言っては失礼だが、今はティグルしか伝えられる相手が居ないようだ。

昨日《きのう》のティグルとガーランドの姿は決して演技には見えなかった。しかし、今すぐにガーランドへ伝えるのは怖い。すぐにでも、ローガスに話が届けられそうだから。

逆にティグルであれば、いざとなったらエレナでも御することが出来るだろう。

◇◇◇

憔悴《しょうすい》しきっていた彼はガーランドが倒れた後、同じく気力を失った様子で部屋に戻ったと給仕から聞いた。

ティグルの部屋に着くと、エレナは扉を数回叩《たた》いた。

「殿下、私です」

「――――入れ」

数秒経《た》ってから、ティグルからの返事が届いた。

あまり寝られていないからか、弱々しく。

「……何の用だ、エレナ」

こんな時に自室に訪ねてきて、と、彼は不機嫌な様子を隠すこともしない。エレナはティグルの部屋に誰もいないことを確認すると、ティグルが腰を下ろして休んでいたソファに近寄る。

「お伝えしなければならない話がございます」

真面目《まじめ》な様子で語られた言葉に、ティグルが眉《まゆ》をひそめた。

エレナの前置きからは重要な話であるとひしひし伝わってくる。

ひいては、この事件に関する話であるはずだと確信を抱く。

「つづけよ」

「はっ。暗殺者は恐らくローガス殿と同等か、それ以上の実力の持ち主です」

その言葉を聞き、ティグルは分かりやすく肩を落とし、失望のため息を漏らして天井を見上げる。

言われなくとも、お前が考えたことは分かってる、と。

「もう行け、くだらん話に付き合うつもりは――――」

「さらにもう一つ、思い出していただきたい話がございます。我々が会談に行く前、グリント殿がエウロに向かった際のことです。グリント殿がシャノン殿に頼まれて、とある人物に伝言をしに行ったのを覚えていますか？」

その刹那《せつな》、ティグルの視界が、まるでガラスが割れるかのような衝撃に襲われた。

「つづけよ」

彼はテーブルに置かれた水を一気飲みすると、この部屋に来る前のエレナのように頬《ほお》を叩いた。

「私の仮説をご説明致します」

一度咳払《せきばら》いをすると、エレナは自分の執務室で考えた仮説を、一からティグルに語った。

タイミングが良すぎるという件や、シャノンが口にした舞台という言葉。そうした仮説の材料を詳しく丁寧に口にしていく。

数時間にも感じられる濃い話が数分にわたって語られた。

耳を傾けるティグルは大きく脈打つ鼓動に気が付きながら、何とか冷静を保つ。

「エレナの予想は確かに筋が通っているようだ。はっ！　何が何だかさっぱり分からん。エレナのいう言葉が真実ならば、誰が敵で誰が味方なのかが分からないではないか……ッ」

「ですので私は、ローガス殿の手紙に便乗してエウロへ書状を送ることに決めました」

決してイシュタリカを頼るわけではない。かの国がこの件に関しては中立であることを信じて、アムール公とエウロが動いていないことを確認するためにその中立性を頼るのだ。

「危険だ。敵の本拠地に行くのは愚行以外の何物でもない」

「まだ敵ではありませんよ。それに、危険であることは重々承知です。こうした場面で上手《うま》く立ち回れるだけの謀《はかりごと》は出来るつもりですし、ご安心ください」

それを聞いて、ティグルは口元に手を当てて考え込む様子を見せる。

数十秒にわたりつづいてから、数度頷《うなず》きエレナに目を向けた。

「分かった。私もエウロに向かう。護衛には、我が私兵とアウグスト家の私兵を使うぞ」

「なりません。先ほど殿下も仰っていましたが、危険です」

「今更でしかないな。それを言えば、兄上が殺されたこの地に居ても危険は同じことよ。誰にも見つからずに暗殺を成し遂げる賊が居るのなら、どこに居ても同じことだ」

それに――――。

ティグルは座ったまま大きく股《また》を開き、肘《ひじ》を立てて手のひらで額を覆った。

首筋を脂汗が伝う。微《かす》かに震えていた太ももにエレナが気が付いた。

「……エレナに指摘されて一つ気が付いたことがあるのだ。悪いが、この方針は変えない」

ぽつりと、思い出してしまったことを語る。

「昨夜のことだ」

「それは」

「我らが悲しみに明け暮れてた時のことだ。……父上がシャノンに殿と付けて呼んでいたのを思い出してしまった。あまりにも自然だったから今まで疑問に思わなかったらしい」

一国の王が一人の貴族、それも、令嬢に対して殿を付ける。更に、その王がガーランドであるならば違和感しかない。

二人の背筋を冷たい何かが通り過ぎた。何がどうなっているのか、何処《どこ》で何が繋がっているのかは分からないが、想像の範疇《はんちゅう》にない暗闇《くらやみ》の気配がして。

「なぁ、エレナ、我がハイムは一体どうなってしまったのだろうな」

全身から血の気が引き、視界がぼやけてくる。

もはや父である国王も信じられない。

ティグルは祖国が自分の知らない別のモノになってしまったような気がして、目の前のエレナへ揺れる瞳《ひとみ》を向けて縋《すが》ってしまった。

聖域

瞼《まぶた》を刺激したのはカーテンから差し込む陽光だった。

アインはベッドの上で身体を起こし、くすぐったそうに瞼を擦《こす》ってから腕を伸ばす。

ここはどこだ。

見慣れない寝室に一瞬眉をひそめるものの、すぐに思い出す。自分はシス・ミルに居て、ここがクリスの家の中であることを。それから、昨夜のことを思い返した。

長《おさ》からヴェルンシュタインの話を聞いてからというもの長の体調のこともあり、他の聞きたかったことを聞く前に屋敷を出てクリスの家に戻ってきた。

クリスの家に戻ってからはすぐに寝てしまった。

彼女の姉のセレスが使っていた部屋を借り、横になってからの記憶が曖昧だ。

「どうしたもんか」

昨夜、長からヴェルンシュタインのことを聞いてからというもの、クリスへの接し方に若干戸惑っていたのだ。

しかし何も知らない彼女に対し、アインはこの戸惑いを隠さなければならない。

――――何はともあれ、もう目は覚めている。

身支度を整えたアインが部屋を出てリビングに向かうと、既に、朝食の支度を終えたクリスがそこに居た。

「おはようございます、アイン様」

「あっ……おはよ」

「もしかして、部屋に入ってからすぐに寝ちゃってたんですか？」

「ん、そうだと思う。ベッドに横になってからの記憶がないんだよね」

「あははっ、昨日《きのう》はたくさん歩きましたもんねー……」

アインも表面上はいつも通り。

そしてクリスは彼の心の揺らぎに気が付いていないようだ。

「ご飯の用意が出来たので、食べましょうか」

マーサが作った料理を堪能できる余裕があったのは、自分の食い意地によるものか。

あるいは。

（もしかしたら、心の中では予感していたのかも）

初代国王の曾孫《ひまご》に当たるとは思っていなかったが、深い血縁であることを無意識に察していた気がする。

だからこの戸惑いも今だけのものであってくれ。

アインはそう強く願い、この後は何をしようかと思案した。

シス・ミルに来た目的を思えば長に会うべきなのだが、今は出来ない。

理由は以前、シエラから聞いていた長の体調の件である。昨晩は長く話をして疲れていたのだろう。別れ際の長の顔がひどく疲れ切っていたのを覚えている。

そのため今日はアインの方から遠慮することに決めていた。

——なら、今日は何をしようか。

だったら散歩でもしてみようと思いアインが一人で外に出たところ、外を歩いていたシエラがクリスの家の近くに居た。

彼女は外に出て来たアインを見るや否や、こちらの方へ歩いてくる。

「よくお休みになられましたか？」

「自分でも驚くくらいには深く寝ちゃってたみたい」

それは何よりです、とシエラは笑った。

「長の体調はどう？」

「御心配には及びません。日が昇って間もなく朝食をとり、今はお休みなさっておいでです。こればかりは誰《だれ》のせいということでもなく、長が途方もなく高齢であることが理由ですので、どうかお気になさらないでくださいませ。長もそう仰《おっしゃ》っておりました」

「でもそれは、俺と話す時間を作ってくれたからだ」

「い、いえいえ！　本当にお気になさ——」

アインの謙虚な態度にどう返すのが最善か迷ったところ、彼女はふと思い立った。

「そうでした。もしお時間がありましたら、クリスと共に聖域に行ってみてはいかがですか？」

「あー、行ってもよかったんだっけ」

「ええ、王都でお伝えした通りです」

――行ってみようかな。

どうせ手持《ても》ち無沙汰《ぶさた》だったし、聖域にも興味がある。

まだ長から聖域についての説明は聞けていないが、先に行ってみるのもいい。

あとはクリス次第だろうが、反対するとは思えなかった。

◇　◇　◇

聖域への道はシス・ミルでも最奥にある。位置的には長の屋敷の裏手だ。

前にシエラが言っていた通り見張りの戦士が居たものの、アインとクリスが来た際には、静かに頭を下げるだけで声をかけられることすらなかった。

――聖域へ通じる道を見てみる。

緩やかな坂道がずっとつづき、その先は深い霧に覆われていて窺《うかが》えない。両脇は深い森に囲まれていて、案内もなしに足を踏み入れると迷ってしまいそうだった。

それにしても、この辺りは森に比べて歩きやすい。

地面の土がぬかるんでいることもなく、硬めの感触が好ましい。だと言うのに、人の手で整備されている様子はなく、自然のままに道が保たれている印象だ。

(別におかしくはないか)

シス・ミルに強力な結界があるのは聖域によるものだ。

だから聖域への道が不思議だろうと違和感はない。

「あのさ」

と、前を歩くクリスに声をかける。

「はーい？」

彼女は両腕を背中で組んで鼻歌交じりに歩いていたが、アインの声を聞いてすぐに振り返った。

「聞いてなかったんだけど、クリスとセレスさんって何をしに聖域まで行ってたの？」

「い、言わなきゃダメですか？」

「驚かれると逆に気になるかなーって」

するとクリスは前を向いて、アインの隣を歩き出す。

「言い出しっぺは姉だったんです。私も姉も幼かった頃《ころ》の話なんですが……あ、ほら！　シス・ミルって王都に比べて遊ぶ場所も少ないですし、だからその――――」

「あ、探検しようって思ったんだ？」

「～～ッ！」

「図星か……」

顔を赤くしてそっぽを向いたら、肯定しているのと同じだ。

だけど、別にそんなに恥ずかしがらなくてもいいではないか。

男のアインからすればこの程度の感覚だったが、女性で、それも心を寄せている相手に聞かれるのはやはり照れくさかった。

「長に許可されてたから、探検がてら、足しげく通ってたってことかな」

この二人にだけ聖域に行く許可が下りていた理由も今では納得できる。なにせ長は二人が王族だと知っていたのだから。

「……アイン様は意地悪です」

「ただの確認だって。でも聖域にこんなこと言うのはアレかもしれないけど、飽きなかった？」

飽きというより慣れだ。

アインだって城で暮らすことに最初は落ち着かなかった。海を渡って間もない頃は何をするにしても驚いて、自室にいても心からゆっくり出来なかった頃があったぐらいだ。

勿論《もちろん》今は違う。ようは慣れの問題であり、たとえ聖域が凄《すご》かろうと慣れるはずだ。

だが。

「どうしても気になることがあったんです。だから飽きたりはしなかったんですよ」

聖域にはクリスとセレスがどうしても気になる謎があったのだ。

と言うのも。

「聖域には大きな祠《ほこら》があるんです。ただ入り口はどうしても開かなくて、私と姉はどうしたら中に入れるかなって探検していました」

「だから飽きたりしなかったってことか」

「ですです。結局、入り口を開けることは出来ませんでした。――――でも」

一つだけ手掛かりを見つけることは出来たのだ。

「入り口の傍《そば》に二本の柱があるんですが、それが光ることを発見しました。これが関係あるんじゃないかなって思っています」

「あー……怪しいね」

「だけど光るのは何をしても一方の柱だけでした。きっと二本とも光ればと入り口が開いたかもしれません……でも、その方法が分からなかったんです」

であれば何かが足りないのだ。

（聖域と祠、あとは閉ざされた扉）

たかが数日で仕掛けを解けるなんて思えないが、早く見てみたい。

そう心が昂《たかぶ》りだした時のことだった。

「居たね！　居たよ！」

「あははっ――――」

アインとクリスの間を吹き抜けた一陣の風と、風に乗って聞こえてきた少女たちの声。

二人の足は自然と止まり、声がした方向に顔を向ける。声は左から聞こえてきたと思いきや、今度は右から聞こえてくる。すると今度は背後、そして頭上からと忙《せわ》しない。

――今の声は？　アインが驚くと、クリスは「木霊《こだま》です」とすぐさま言った。

辺りに反響する声の主の姿は一向に見えないが、代わりに風が二人の頬《ほお》を撫《な》でた。嘲《あざけ》るとまでは言わずとも、小さな子がじゃれつくような気軽さで頬を何度も撫でてくる。

くすぐったいと思った矢先、目の前に光る玉が二つ現れると、アインを囲みくるくると回りはじめた。大きさは拳《こぶし》ほどで、飛び回る速さはトンボのように素早い。

「すごい、すごい！」

「すごいね！　すごいよ！」

二つの光球がアインの右腕に近づいた。

光は少しずつ収まって、小さな人の姿がはっきりと見えた。可憐《かれん》な少女たちだ。普通の人間と違うのは大きさと、半透明に光る羽があったことだ。

現れた一方がアインの指にぶら下がって遊びはじめる。前後に身体《からだ》を揺らして、楽しそうに笑い声を上げた。

「私はお姉ちゃんなの！」

「お姉ちゃん？」

声をかけられたアインは平然と答え、隣を歩いていたクリスを驚かせる。

「うん！　私、この子のお姉ちゃん！」

「お、おう」

アインは深く考える事を放棄した。

「二人は木霊って言うんだよね」

「ううん！　私たちは妖精《ようせい》だよ！」

――――嘘《うそ》をつけ。

二人の言葉にアインは苦笑いを浮かべた。ともあれ妖精のような存在であるとクリスは言っていたし、あながち間違いではないのだろうが……。

アインが一瞬だけ見せた表情を二人は見逃さない。

「あー！　疑ってる！　疑ってる目をしてる！」

「私たち本当に妖精だもん！　すごいんだもん！」

「……そりゃすごい。でも何がすごいの？」

子供をあやすように尋ねると、自信満々にお姉ちゃんが答える。

「じゃあね、じゃあね！　あなたを調べてあげる！」

彼女はアインを見つめながら「むむむ……」と難しそうな声を上げた。

それを見て、妹も同じような仕草を見せるが、彼女の場合は途中で飽きてアインの肩に乗る。自由すぎるその姿に、王都に居る駄猫を連想してしまう。

「珍しい生き物だ！」

「わーい！　珍しい生き物だーっ！」

妹も便乗して珍しい生き物と口にすると、アインをいとも容易《たやす》く困惑させた。

「どうしてー？　あなたのお父さんとお母さん。どうして、あなたと同じで変な生き物なのー？」

「変な生き物なのはお父《ロー》さん《ガス》だけだよ。お母様は、誰《だれ》よりも美しいドライアドだからね？　覚えとけよ？」

「あのー、アイン様？　間違ってませんけど、凄まないであげてくださいね？」

笑顔でアインが答えるが、お姉ちゃんは合点がいかない様子で首を左右に何度も傾《かし》げた。

「違うもん！」

いや、全く意味が分からない。

なに言ってるんだコイツ。そんな瞳《ひとみ》でお姉ちゃんを見つめる。

間違いなくオリビアは自分の母で、産まれ方は特殊だが、間違いなくドライアドの血を引いているはずだ。

「最初にあなたを産んだ人はドライアドじゃない！　嘘つき！」

「やーい！　嘘つき嘘つき！」

何をどうやって調べたのかは知らないが、最初に産んだと言われれば、アインも一つだけ身に覚えがある。それは前世のことで、アインですら記憶にないことをお姉ちゃんは探っていたのかもしれない。

「嘘つき嫌ーい！　あ、でもこれあげる！」

「嫌ーい！　ばいばーい！　また遊んでね！」

突然現れたくせに、突然何処《どこ》かへと飛び去って行く。

散々人のことを変な生き物呼ばわりした挙句、人の中身まで調べていかれたのだから、アインとしてはたまったもんじゃない。

ただでさえ小さな妖精の姿が飛び去って行くことで更に小さく、見づらくなっていく。あっという間に森の方角へ飛び去った。

「……なんだろ。このよく分からない敗北感は」

そう言ってアインは手のひらを見た。

お姉ちゃんが飛び去る前に置いていった、妙に大きなどんぐりが握られている。

さっきの出来事を纏《まと》めるなら、妖精さんはすごい、ということだ。

「また来るらしい。それにしてもこの木の実は……」

「それは親愛の証《あかし》だと思います。昔、長から木霊にはそういう性質があるって聞いたことがあります」

「へぇ、ちなみにクリスも貰《もら》ったことはあるの？」

「残念ですが、私は木霊を見たのもさっきがはじめてです」

クリスはこう答えて肩をすくめた。

やがて風が止《や》んで、木霊の気配もぱったりと消える。

「さっきのやり取りに親愛も何もない気がする」

「彼女たちなりの愛情表現かもしれませんよー？」

「あー……どっちに転んでも微妙な結果だ」

アインは苦笑した。それから今までの光景を瞼《まぶた》の裏に焼き付けながらも呼吸を整えて疑問に思ったことを口にする。

「昨日《きのう》も教えてもらったけどさ、木霊って結局はどういう存在なの？」

「えっとですね、彼女たちはシス・ミルに古くから住んでいたとされている精霊です」

大して情報は増えていない中で、アインの中で木霊への認識が「悪戯《いたずら》好きな小娘」になりかけつつあった。

（カティマさんが増えた感じかも）

決して当人には言えないが、似ている雰囲気はあった。

こんなことを考えながら聖域へつづく坂道を進み直すと、案外、ハイキングみたいで半ば遠足気分が漂う。

先ほどの奇特な出会いを心の片隅に置いてから、坂道の先に目を向けた。

◇　◇　◇

聖域の目の前に着いたとき、アインはわが目を疑った。これが聖域かと、あまりの光景に言葉も失ってしまった。

聖域への道は進むごとに深い霧に包まれた。

アインが使うスキルの濃霧より更に白くて濃くて、一歩先すら見えないくらいの霧が立ち込めていたのだが、ある程度進んだところでクリスが立ち止まる。

二人の目の前に現れたのは壁だった。

しかしガラスのように透明で、手を伸ばすと水に触れたように揺れてしまう壁だ。

「ここが境界です。もう一歩進むと聖域の中に入ります」

クリスは壁に触れながら言った。

彼女の手はゆっくりと壁に差し込まれていく。

「長が言うには、この壁を通り抜けられる者は資格を持つ者だけらしいです。どうして私と姉が資格を持っていたのかは分かりませんが……あははっ……」

「……どうしてだろうね」

同調してみるがアインには資格の一つに心当たりがある。

ヴェルンシュタインの血統だ。

あるいは初代国王ジェイルの血を引くことがその理由だろうか。その血統のおかげで聖域に足を踏み入れる資格を持っていたと考えても不思議ではなかった。

つまりアインの予想が正しければ。

(俺も入ることが出来るはずだ)

アインはおもむろに手を伸ばして壁に触れた。

するとクリスの時と同じで壁が揺れ、中に手が入っていく。

隣で眺めていたクリスは妙に得意げだった。

「アイン様アイン様、実は私たちって血縁だったりしませんか?」

「実はそうかもよ」

「もー……冗談ですってば」

長から話を聞いたアインからすれば冗談では済まされない。

笑っているクリスはれっきとした王族で、遠くとも、共に初代国王の血を引く者同士だ。

(俺としては笑えないいんだけど)

霧で互いの顔がよく見えなかったのが助かった。

見えていたら、今の複雑な感情まで見抜かれてしまいそうだったから。


壁を越えて進むと、一歩進むごとに霧が薄らぐ。

だが、新たな違和感がアインを襲った。

足元が妙に灰色で、他に色が感じられなかったのだ。

「クリス、何か様子が――」

「大丈夫ですよ。安心してください」

やがて霧が完全に晴れた。

視界に捉《とら》えたのは色のない世界だ。比喩《ひゆ》ではなく、本当に色が無かったのである。全《すべ》てがモノクロで構成されており、アインが知る現実からかけ離れた世界が聖域にあったのだ。

「すべて白と黒で覆われているんですよね？」

横を見ると、彼女もモノクロで見えた。

「どうして。これは一体」

「ごめんなさい。実は私も、そして長も分からないって言ってました。でも大丈夫ですよ、ちょっと視界が悪いだけですから」

ちょっとで済ませていい話ではないと思うが、クリスは慣れているからか余裕があった。

昔からこういう場所だったのだろう。

(訳が分からない)

いっそのこと、割り切るしかなかった。

クリスも、そして長も理由が分からないのなら自分には分かりっこない。何か人体に悪影響があったり、この世界に閉じ込められることが無いのなら……。

「こういうもんってことか」

「あ、あれ……？　割り切るのが早くないですか？」

「まぁこういう場所もあるよ、きっと」

自分が転生した事実に比べれば些細《ささい》なことだ。

意外にも冷静なアインを見て驚くクリスを傍目《はため》に、アインは落ち着いて聖域を見渡す。色があったのなら、きっと今以上に絶景っぷりに驚かされただろう。

（広いな）

この辺りは村一つ入りそうな広さをしている。

地形は周囲を切り立った崖《がけ》に囲まれたところで、奥には半円状の滝、中央には縦に長い大岩が鎮座していた。

祠《ほこら》があったのは、その大岩の上だ。

大岩の上部は二つに割れており、祠があるのはその高い方。低い方には何もないわけではなく、ちょっとしたテラスのような席が設けられているのがここからでも分かった。割れた隙間に架けられたアーチ状の橋を進むと、岩の外周の沿って造られた螺旋《らせん》階段へ通じている。

——全貌《ぜんぼう》はまるで、小さな城のよう。

石壁や床に散見される苔《こけ》と所々ひび割れた姿には、歴史を感じさせられる。

「この橋で翠聖石《すいせいせき》まで行くんですよ」

そう言ってクリスが指示したのは岩まで延びた橋だ。

大岩に造られたアーチ状の橋と同じで石造り。堅牢《けんろう》そうな外観に清廉さを併せ持っていた。

「翠聖石ってのはあの大岩の名前？」

「はい。長がそう言っていました。……そうだ、橋の下は川になってるので気を付けてくださいね！　落ちたら危ないですから！」

注意されて眼下を覗《のぞ》けば、確かに川がある。

滝つぼから延びた川が何処かへ通じているのが分かった。

ところで、翠聖石にもどこかから水が流れ入っているらしい。翠聖石を支える柱の下には、排水するための穴が設けられていて、流れ出る水が川へ合流していく。

「すごい高いね。クリスが言うように落ちたら危なそうだ」

「試そうと思ったらダメですからね」

「さすがの俺でもそんなことはしないって」

アインは橋から川までの高さに既視感があった。

「俺の部屋から城門を見下ろしてた時って、こんな感じだったと思う」

今ならその高さから落ちても死ぬことはないし怪我《けが》もしないだろう。だが、見ているクリスからしたら気が気ではなく、川に流されたらたまったもんじゃない。

「とりあえず、行ってみますか?」

「だね。ぱぱっと入り口を開けて中に入ろっか」

「言いましたねー? 私と姉が何年かけても分からなかったんですよ?」

「何かの偶然で開くかもしれないしさ」

軽口を叩《たた》き合いつつ橋へ進んだ。

やはり、色があったらすごい景色《けしき》が見られたと思う。けど今の景色も捨てたもんじゃない。絶景に違いはなく、アインは圧倒されるばかり。

まず大きさもそうだが、縦に長い大岩を利用して造られた外観が厳かだ。

「一番上にあるのが入り口なんです」

「ん、一番上って……あそこか」

螺旋階段を登ったところに鎮座する、天球上の屋根が設《しつら》えられた東屋《あずまや》に似た石造りの祠。

「最初に見に行きますか？」

「どうせなら下から見ていこうかな」

「分かりました。ご案内しますね」

「クリスも久しぶりだろうし、ゆっくり見て回ろうか」

「む……それって、私が迷うかもしれないって思ってるんですか？」

唇を尖《とが》らせたクリスがジトッとした目を向けてきた。

「違うって！　クリスも久しぶりだから急いで上にいかないで、観光気分でゆっくりしようよってことだから！」

「ご、ごめんなさい……私ったらつい」

「クリスのことは頼りにしてるよ。もしも俺が迷子《まいご》になったらちゃんと見つけてくれるだろうし」

「その点ならお任せください！　たとえはじめて訪れた土地でも見つけられますから！」

「……それは無理じゃない？」

「いきなり冷静にならないでくださいよぉっ!?　嘘じゃないですってば！　絶対に絶対に発見できますからね！」

「自信はすごいけど、その方法は？」

まさかしらみつぶしだろうか。

二人は橋を進みながら謎の話題に花を咲かせた。

「香りです」

「────なるほど」

そうか、香りか。

「────んっ⁉　香り⁉」

「香りですよ？　アイン様のなら分かりますから」

「俺、ちゃんと毎日お風呂《ふろ》に入ってるんだけど」

「違います！　そういうことじゃなくて……なんて説明したらよいか……」

犬的な特技とでも思っておこう。

まさかの暴露に驚いたが、言われてみればクリスのことだ。犬属性は確かにあったし、それを思えば────。

（いや、無理だろ）

アインは自分自身でツッコんで空を見上げた。クリスの家を出たときは青空が広がっていたのに、ここでは灰色の空しか見ることが出来なくて、少し切ない。

「疑ってますね⁉」

「そりゃ……さすがに」

するとクリスは「それなら！」と両手を胸の前に運び握り拳《こぶし》を作る。

「なら披露します！　私がアイン様を見つけられるかどうかを！」

「え、ここで？」

「ここでに決まっています！」

「聖域でそんなことして遊んでいいの？」

「きっと大丈夫です！　昔もお姉ちゃんと似たようなことをしてましたから！」

「……あ、うん」

お前たちは何をしていたんだとはツッコまない。まだ幼かった少女たちがやったことだから。

「俺が好き勝手に聖域を動いてていいのかな」

「はい！　私が見つけるので、隠れようが何をしようが構いません！　あっ、でも川に潜ったりとかはしないでくださいね」

「さすがに香りが分からなくなるもんね」

「いいえ、アイン様が風邪をひかないようにですよ」

ということは川に居ても分かるのか。

大層な自信だと思ったが、クリスの顔は依然として本気だった。

（さすがに遊んでるのは気が引けるから）

クリスと別れて辺りを散策するということにしたい。

所詮《しょせん》は気分の問題であるものの、王太子の自分が聖域で『かくれんぼ』というのは憚《はばか》られる。というか、後で長にどんな顔をして会えばいいのか分からなくなる。

「じゃ、先に聖域を見てくるから」

「分かりました。三分経《た》ったら私も行くので、ゆっくり見ていらしてください」

すると彼女は翠聖石からシス・ミルの方を振り向いた。

アインはクリスが見ていないことを確認すると、翠聖石の外周を見渡した。

あの割れた岩の先に行ってみよう。

アーチ状の橋が架かっている先にあるテラスを見てみたい。

(どこから行けばいいのかな)

普通に歩いていたら三分で到着できる場所じゃないし、行き方も分からない。

しかしアインは閃《ひらめ》いた。岩沿いに登って行けばいいじゃないかと。

まずは背中から幻想の手を出す。それから、岩沿いに伸ばして勢いよく登って行った。

あっという間に岩肌を駆け上がり、アーチ状の橋に差し掛かる。着地すると、コツン、と革靴の底と橋が擦れ合った。

「よっし」

行ってみよう、と、橋を進む。

歩くこと数十秒でテラスに到着して、アインはそこにあった石造りの椅子に腰を下ろす。

中央には石造りの丸いテーブルが置かれているも、この辺りは物寂しい。

「…………」

ここからは聖域の全貌がよく見えた。

滝も、そして最上層に位置する入り口がある場所も。

「祠はどうして造られたんだろう」

だが造った者、あるいはあの祠と関係のある者には確信があった。初代国王ジェイルだ。

初代国王の血を引く者だけが来ることが出来る。それはつまり、マグナにあった別邸と同じで、ここも初代陛下ゆかりの地ということだ。

分からないのは祠が造られた理由だけ。

結界の中枢である聖域の重要性は分かるが、それだけではないはずだ。

――――開かない扉。

聖域による結界は魔物の脅威から逃れるためのものではなく、開かない扉の先に何かを隠しているからである。アインはこう考えていた。

「明日、長に聞いてみよう」

彼女なら知っているかもしれないと思って呟《つぶや》くと、テーブルの上にだらしなく両腕をついて顔まで下ろす。石の冷たさが、考えすぎた頭を冷やして気持ちが良かった。

「そういえば――――」

クリスが来るまでどのぐらいかかるのか、時間制限を設けておくことを失念していた。

ずっとここで一人ということはあり得ないと思うけど、あまりにも別行動がつづくのは好ましくないし、一緒に入り口の謎を解く時間が短くなる。

だったらこんな遊びはやめておけばよかったのにと思わないこともなかったが。

隣にいるクリスが楽しそうだったのと、王都に居るときより更に自然体であったこともあり水を差したくなかったのだ。

「ゆっくり待とう」

十分くらいしたら合流できるだろうと思っていたところに。

「幻想の手を使いましたね」

後ろから、彼女の声が聞こえたのだ。

「バレた？」

「じゃないとここまで短時間で来ることは出来ません。道を知っていたら出来たかもしれませんが、アイン様は知らないはずですもん」

「なんだろ、この敗北感はどうしたら」

「勝ち負けも何もないですよ……私がアイン様を見つけられることが分かってくれたら、もう十分です」

「何か俺にしてほしいこととかない？　疑ったことへのお詫《わ》びってことで」

「……何でもいいんですか？」

「俺に出来ることならね」

アインはそう言って後ろを見た。

彼女はいったいどこからここに来たのだろう。テラスにある手すりの上にしゃがみこんでいたクリスを見て、アインは一瞬、頬《ほお》を引《ひ》き攣《つ》らせた。

「保留にしますね！　お願い事が出来たら使います！」

「俺が出来ること限定だからね！」

「ふふっ、はーい。分かってますよー」

クリスはこのモノクロの世界の中にいながらも、太陽のように眩《まばゆ》く、花のように可憐な笑みを浮かべていた。

◇　◇　◇

最上層に至るまでの道のりは特に心が上ずった。

祠《ほこら》が建てられた地形のこともあってか、この辺りはまるで空に浮いている城のようだったから、歩いているだけで気持ちが昂《たかぶ》ってしまう。

先に待っている扉のことを思えば殊更だ。

祠に到着したところで、アインは辺りを見渡した。

見上げれば天球状の屋根が広がっていて、屋根に沿うように外周を支える柱が等間隔に並ぶ。

他には中央に向かうように模様付けられた石畳と、束ね柱とアーチを併せた石造りの門が一つ。

門に扉はなく、下へとつづく階段がある。

「光る柱と扉はあの階段の下にありますよ」

クリスはアインが見ていた階段を指さして言い、二人はすぐに足を進めた。

階段を少し降りたところは行き止まりで、巨大な扉と、その両脇を支えるようにそびえ立つ二本の柱が二人を迎えた。

柱は見た目には何の変哲もない。強いて言うなら、際立った意匠の彫りくらいなものだ。

「どうやったら光るの？」

「柱があるところの地面を見てください。絵があるんです」

「あ、ほんとだ」

柱しか見ておらず気が付かなかったが、柱の手前の石畳は他の石畳と違っていた。

左側の柱の手前には白い石畳があり、城らしき建物が描かれている。一方で反対の右側にある柱の手前には黒い石畳があり、これまた城らしき建物が描かれていた。

「それであの絵を――」

「踏みます」

「え、踏んじゃうの？」

「言い方を変えますね。あの絵の上に立てばいいんです」

すると、それだけで柱が光るという。

もっと複雑な仕掛けがあるのかと思っていたから拍子抜けしてしまう。

「本当にそれだけ？」

「はい、でも左側しか光らないので、そこからはどうしようかなーって感じですね」

「分かった。とりあえず俺が絵の上に立ってみるよ」

何の警戒もせずに歩いていき、躊躇《ためら》わず絵の上に立ってみた。ついでに柱に触れてみるが、ただの石材らしき感触しかしなかった。

つづけてそびえ立つ柱を見上げて、光るのを今か今かと待ちわびた。

――が。

「光らないね」

一向に光らず、その様子を眺めていたクリスも小首を傾《かし》げてしまう。

「あ、あれ。どうして光らないんだろ。私も試してみるので、一度代わっていただけますか？」

「いいよ、交代してみよっか」

アインが退いてクリスが絵の上に立つと、変化はすぐに訪れた。

「光っちゃいました！」

柱の光り方は意外にも幻想的だった。

石そのものの材質が例えば水晶、例えば氷に変わったように変化して、下から上へ、下から上へと青白く光るのを繰り返す。

聖域内部はモノクロであるはずなのに、この光だけは色づいていた。

「今なら右の柱も光らせられるんじゃない？」

「やってみますね。移動します」

完全なる思い付きで言ってみたところ、結果はうんともすんとも言わず。

やがて左側の柱の光が消えただけだ。

「クリスって左利きだっけ」

「両利きですよ？　あの、それがどうかしましたか？」

「いや、関係あるかなーって」

「…………」

「ごめんって。冗談だよ」

クリスがもの言いたげな視線を向けてきたところでアインは肩をすくめ、クリスが立つ方の柱へ歩いていく。

「こっちの柱だけ別の素材だったりしないかな」

柱に触れてみたが、特筆すべき点は見当たらない。

何故《なぜ》こちらだけ光らないのだろう。

目を閉じて眉《まゆ》をひそめ、腕を組んで考え込む。だが数秒したところでクリスが彼の服の袖《そで》を掴《つか》んできて、遠慮がちに引っ張った。

「どうかした？」

顔を上げたアインが彼女に目を向けようとした刹那《せつな》。

アインは光っていた柱を視界に収め、つい目を点にした。

目を閉じていた間に変化が訪れていたようで。

「クリス」

「はっ――――はい！」

「あっち、立ってきてもらえる？」

若干放心気味だったものの、クリスはすぐに正気を取り戻して駆け出す。

左側の絵の上に立って慌てた表情で柱を見上げると、先ほど同様、あっさりと光りだしたのだ。後のことは二人の想像通りである。

中央の扉が微《かす》かに土ぼこりを上げながら緩やかに動き出すと、石が擦れ合う重低音を響かせて左右に開いていく。二人の瞳《ひとみ》に映しだされた扉の先は冒険者の町バルトのオーロラを思わせる極彩色が漂い、これまでと違う、特別な空間が広がっていることを二人に示唆していた。

「とりあえずさ」

アインはこめかみを掻《か》きながら口を開いて提案する。

「そろそろ夕方になるし、一回、クリスの家に帰ろっか」

彼の提案を聞いて、クリスは放心した様子で頷《うなず》いたのだった。

その時だ。

「ッ……地震？」

不意に大きな揺れが辺りを襲った。

クリスのことをすぐに支えたアインは辺りを見渡す。どうやらただの地震だったようで、特に異常らしきものは窺《うかが》えない。

だが、何となく扉の奥に目を向けてしまう。

（誰かいるのか？）

そんな気がしたものの、気のせいだったらしい。

少しの間、警戒してみたが何もなかった。

「あの……アイン様？　主《あるじ》に先に動かれてしまったことは大変申し訳なく思っておりますし、身体《からだ》を支えて頂いたことは心より感謝しております。でも、物凄《ものすご》く近くて恥ずかしいので……ッ！」

「っと、ごめんごめん」

彼女の細い腰に手をまわしていたからか、強引に抱きしめるような形になっていた。顔も吐息がかかるくらい近い。

アインが謝罪の後で距離を取ると、クリスはほっと胸を撫《な》で下《お》ろすも、密《ひそ》かに悔やんでいた。

「今度こそ帰ろっか」

「ですね、また揺れるかもしれませんし」

ところでこの時のアインは柱に注目していてあることを見落としていた。左右の石畳に描かれた城は自分がよく知る、イシュタリカにある二つの城であるということを。

◇◇◇

聖域を出てクリスの家に戻った頃《ころ》はもう夕食時だった。

二人も早いうちに夕食を終え、ソファで食後の休憩を取っていたら。

――コン、コン。

唐突にクリスの家の扉がノックされた。今更ながら、彼女の家には呼び鈴がないことに気が付かされる。

「見てきますね」

クリスが椅子を立って扉を開けに行くと、外に居たのはシエラであった。

「長から殿下への伝言を預かってきているの。中に入ってもいいかしら?」

「それなら勿論《もちろん》――」

一応、クリスはアインのことを見て確認したが、アインは迷わず頷き返した。

こうしてシエラが家の中に足を踏み入れて、アインが座っていたソファの傍にやってくる。

「お茶を淹《い》れてくるから、アイン様に失礼が無いようにしててね」

「安心なさい。私は昔のクリスみたいにいきなり剣を抜く女じゃないわよ」

「え、何それ」

「ッ――――ダ、ダメだから！　アイン様には言わないでね⁉」

「はいはい、分かってるわよ」

「アイン様もですよッ！　絶対に聞いたりしないでくださいねー⁉」

強く釘《くぎ》を刺してから、彼女はキッチンへと姿を消した。

去り際はひどくそわそわしていて、早くこちらに戻りたそうだった。アインとシエラはその慌ただしさを見て互いに目配せを交わし、頬《ほお》を緩めた。

「我々は近くの町と交易をすることが稀《まれ》にあるのですが、やってきた冒険者を見たクリスは何も言わずに剣を抜いたことがあるんです」

シエラはあっさりと言い放った。

「あの子もすごく幼かったから仕方ないのですが、その日は長に強く叱《しか》られて瞼《まぶた》を泣きはらしてました」

「それ、言っちゃってよかったの？」

「いいんです。私はあの子が本当に言ってほしくないことは言いませんから。ただクリスが可愛《かわい》いということを、殿下と共有したいだけですもの」

「……なるほど」

「――――お待たせしました！　シエラ！　何も言ってないよねっ⁉」

するとクリスは持ってきた茶をテーブルに置き、慌ててシエラの方を見た。

「美味《おい》しいお茶ね。これも王都から持ってきたの？」

「もーっ！　すぐに話題をそらすんだから！」

「そらしたわけじゃないわよ。本当に美味しかったの。こんなにいい香りのお茶なんてはじめて飲んだんだもの。それとも、クリスが上手だったのかしら」

「そ……そう?」

「良い茶葉も淹れる人が粗暴だったら無駄になるわ。これはクリスが淹れたから美味しいんだと思う」

「……お代わりもあるから」

傍《はた》から見ていたアインは言葉に困った。

これはシエラが見せた独特のリズムを褒めるべきなのだろうか? あっさりと懐柔された自分の護衛を見ていると、ちょうどいい言葉が一つも浮かんでこない。

アインは窓の外に広がる森の夜景を眺め、シエラが来る前から用意されていた自分の茶を飲む。確かに美味しい。それは嘘《うそ》じゃないのだが……。

「はぁ……調子いいんだから」

クリスが穏やかな顔で仕方なそうに呟《つぶや》いたのを見てアインは察した。

彼女も彼女で、シエラの性格を分かって相手をしているのだ。互いに軽口を言い合える悪友に似た関係性もあったらしい。

「ところでシエラ、俺に言いたかったことって?」

「そうでした。実は長が明日のご歓談について、ご昼食を共にしつつではいかがでしょう、と、提案しておりまして」

「俺はそれで構わないよ」

せっかくだ。明日は祠にあった扉のことも話しておきたい。
聖域という重要な場所の件のことを、長に伝えないという選択肢はなかった。

祠《ほこら》の守護者

シエラとクリスが語らう様子を眺めるアインは邪魔をしないように、二人に気を遣わせないように寝室へ向かったことは覚えていた。

ただ、ベッドに横になった後は例によって記憶にない。

家に漂う木のアロマが心地《ここち》良かったのと、連日の疲れが相まって寝つきは最高だったから。

しかし対照的に、寝起きのアインに聞こえてきたのは騒々しい声だった。

「────様ッ！」

不意に身体が揺さぶられて、必死な声が耳を刺す。

「アイ────ッ！　アイン様ッ！」

「ん……」

目を開けると、自分を心配そうに見下ろすクリスが居た。

「起きてくださいッ！　早く────ッ！」

アインは理解が追い付かぬまま身体を起こした。重い瞼を擦《こす》り、ようやっと大きく目を開く。すると気が付いた。ここはクリスの家のはずだったのに、視界がすべてモノクロだ。

もう一度瞼を擦ってみたが、目の異常ではなかった。

慌ててベッドから起きて窓の外を見ると、外もやはりモノクロである。

（まるで聖域だ）

だが、違う点もあった。

窓の外には聖域と違ってエルフの姿があったが、動く気配がない。むしろ歩く動作の途中で凍り付いたように動かなかったのだ。

「クリスッ！」

アインは心配になってクリスを見て、彼女の頬を両手で包み込んだ。

温かくて、柔らかい。くすみのない肌はこんな時でも肌触りが良くて、彼女は無事であるとアインに知らせた。

「心配してくださったんですね」

彼の手に自分の手を重ねて、互いに無事であることを喜ぶ。

二人は頷き合い、特にアインは寝起きだったこともあり、身支度を整え剣を腰に携えた。

「外の様子を見に行こう。ここでじっとしている方が危険だと思う」

「私もそう思います。行きましょう！」

こうして二人は外に出た。

窓越しでなくとも外はやはりモノクロに染まっていた。水も、空も、そして木々も葉も。視界に映り込むすべてが例外なく色を失っている。

更に、エルフが固まった姿は異様で、寒気を催して止《や》まなかった。

――――やっぱり、罠《わな》だったのだろうか。

祖父と話してたときの懸念は正しくて、長《おさ》は何かを企《たくら》んでいた。その時の話がアインの脳裏を掠《かす》めたが。

（あり得ない）

マルコの最期を悲しむような長が罠に嵌《は》めるはずがない。今なら以前にも増して確信できた。

何にせよ、無事か分からないが長を訪ねたい。

自然とアインの足が長の屋敷へと向かって行った。


到着した屋敷の入り口にはサイラスが居たが、彼も固まっていて動かなかった。

アインとクリスは警戒しながら屋敷に足を踏み入れて、真っすぐ長の部屋を目指す。途中、使用人の姿も見つけたが、例外なく固まっていた。

「アイン様」

「ああ」

長の部屋に着いたとき、二人は目を合わせて扉に手を掛けた。

タイミングを合わせて同時に開き、中に入る。声には出さず呼吸を合わせ、勢いよく開くと、部屋の中央には長が座っていた。

「ッ────」

けれど案の定だ。

彼女は決して動かず、他のエルフと同じく固まってしまっている。

今からどう動くべきかと迷っていたアインの手を握り、クリスが勢いよく歩き出した。

「行きましょう」

「ちょっ、行くってどこに⁉」

「決まっています。このシス・ミルを出て、町に向かうんです。すぐに王都へ帰還しなければなりません」

緊急事態だからそうするべきというのも分かる。

だがアインからすれば――――。

「駄目だ。シス・ミルをこのままにしておけない」

「……分かっています。アイン様がお優しいことは他の誰《だれ》よりも知っています。でも、こんな場所にずっといるのはダメなんです」

何故《なぜ》ならアインは王太子であるからだ。

「シス・ミルの外がどうなっているのかは分かりません。それでも、この状況は聖域の中と酷似しています。だからシス・ミルを離れたところは大丈夫かもしれません。いえ、大丈夫であってくれないと困るんですが……」

彼女が言っていることを分からないほど凡愚ではない。

「クリス、妥協案だ」

きっと王太子としては間違えている選択肢で、他にもっと賢い選択肢はある。しかしアインは見過ごすことが出来なくて。

必死になって考え抜いた妥協案がある。

「町に着いたら騎士と合流。王都に連絡して増援を送ってもらう」

「それでアイン様もシス・ミルに戻る、ですか？」

「ああ」

「それもダメです。わざわざアイン様を危険なところに戻らせる必要はありません――――って言ってても、分かったたって言ってくれませんよね？」

「さすがクリス」

「ふふっ……では条件があります。ディルを含む皆を説得出来たら構いませんよ」

なんて大変な条件をつけてきたのだろうか。

これにはアインも苦笑いを浮かべ、難しそうだと小首を傾《かし》げた。


しかしこの計画はとん挫《ざ》する。

間もなくアインとクリスは急いでシス・ミルを出ようと森に向かい、町へつづく道を進んだのだが、太陽樹があった泉にたどり着くと、それ以上は進むことが出来なかったのだ。

めげずに他の場所を探してみるも変わらず。

「霧の壁があって進めない……そっちは？」

「ダメです！　聖域は通れるのに……どうして……」

何処《どこ》に行っても外に出られる場所がなかった。

この状況をどうすれば打開できるか見当もつかなかったアインが泉を見下ろすと、小魚までもが固まっていたのに気が付く。

太陽樹を見上げると。

（あの鳥もか）

飛んだまま固まった鳥は以前、極彩色で目を引いた鳥のはず。

けれど今はモノクロだ。

（大丈夫なのは俺とクリスだけか）

二人に共通している点と言えば聖域に入れることだ。

――聖域に何か関係があるのだろうか。

――この状況を打破できる何かが。

これからどうするか迷っているクリスを傍目《はため》に、アインは引きつづき考えた。

――考え足りないことはないか。

――思い出すべきことはないか。

どう動くにしろ、膠着状態《こうちゃくじょうたい》でいることは悪手に違いない。

（だったら）

行くべき場所は一つだった。

「クリス」

「……………どうしよう。別の道を――」

「クリスッ！」

「はっ、はいっ！　すみません！」

返事を聞いたアインは無言で彼女の手を取った。

長の屋敷を出るときとは真逆の立場になり、幾分か強引に歩いてしまう。

こんな状況でなければ彼の強引さは好ましく思えたが、今のクリスは困惑した中にも冷静さを保っていた。

想《おも》い人に手を取られた状況でも浮かれず、投げかけるべき問いを口にする。

「どこへ行くんですか⁉」

「一度クリスの家に戻ろう。支度をし直して聖域に行く」

クリスは提案への確かな反論が浮かばず。

ぎゅっと握られた自分の手を見つめ、連れられるままに足を進めた。

◇　◇　◇

聖域に着いたとき、アインは強い自責の念に駆られた。シス・ミルを襲った異常の原因は自分たちであるかもと思っていたからだ。

昨日《きのう》、祠にある扉を開けてしまったからこうなった。

確信しているわけじゃない。

それでもこの状況で関連を疑わないはずもなく、原因が扉の奥にあると思うのは道理である。

「ここは昨日のままだ」

代わりに聖域との境界にあるはずの霧はなくなっていた。その影響もあり、祠の高さからは遠目にエルフの家々が見下ろせる。

「あの、本当に試すんですか？」

「勿論《もちろん》」

アインが見た扉は昨日と同じく開かれているままで、奥には依然として極彩色が漂う。

「それじゃ、早速」

全身に力を籠《こ》めて生み出した幻想の手。魔王化した今の魔力を勿体《もったい》ぶらず流し込まれて限界に達したからか、第三者を畏怖《いふ》させるに十分すぎる禍々《まがまが》しさがあった。

アインの意思に従い、左右に開いた扉を掴《つか》み取る。

筋が雄々しく隆起して、更なる魔力を食《は》んで人知を超越した腕力を湛《たた》えるも――。

「ぐぅ……ッ！　と、閉じない……ッ！」

扉を閉じてしまえば状況が変わる可能性があると考えていたのだが、結果はそれ以前の問題だった。

まさかビクともしないとは思いもせず、やがてアインは疲れ切った様子で石畳の上に座り込んでしまう。

「だーめだ、全然動かない！」

「みたいですね……あ、お水をどうぞ」

革製の水筒を受け取って、中に収められた冷たい水を勢いよく飲んだ。

「やっぱり中に行くしかないのかも」

ここまで来た理由は二つあった。

一つは扉を閉じられるか確かめることで、もう一つは扉を閉じられなかったとき、扉の中に足を踏み入れるため。

中に入ったところで解決するという確信はない。

けれど、もう他に行ける場所がない。別の場所に通じている箇所が、聖域しか残されていないのだ。

覚悟を決めたアインと違い、クリスはまだ複雑な心境にあった。

「クリス」

「……」

「クーリースー！」

「み、耳元で呼ばないでくださいっ！　私が緊張しちゃってもいいんですか⁉」

「いや返事してくれなかったし……なんかごめん」

緊張感も何もあったもんじゃない。

心を寄せる主君の態度には毒気を抜かれてしまう。

「で、準備はいい？」

「はい、私も覚悟を決めました。もう、入ってみるしかないですもんね」

「大丈夫、魔物の脅威はないはずだよ」

それがこの聖域の強みだ。

太陽樹の方へ戻った際も一匹たりとも見当たらなかったし、この聖域に来てからも見ていない。

「私が先に入ります」

と、クリスが扉の奥に漂う極彩色に触れた。

「平気……みたいですね」

「よし、じゃあ俺も」

「ダメです！　私が入って安全を確認してから――」

「いーやそれは俺が嫌だ。そこまで任せる気はないよ」

アインはクリスの隣に立って手を伸ばし入れる。扉の奥で、彼女の手と軽く擦れ合ったのが分かった。

「同時に入ろう」

「もう……分かりました。分かったので、勝手に先走らないでくださいね！」

「分かってる。じゃあ行くよ」

3、2、1――。

ほぼ同時に扉の中に入ると、二人を迎えたのは久しぶりの色と目を引く内装だ。

扉の中は聖堂、あるいは神殿を思わせる優美な造りだ。二人がいる場所からは何階か下まで吹き抜けになっている。左右には白い大理石調の両階段が何層にもつづいていて、見える限りの最下層に行くと、どこかへ向かう回廊が見えた。

他に目を引いたものといえば灯《あか》りだろうか。

吊《つ》るされたシャンデリアらしき灯りは色とりどりで、魔石をあしらったような意匠が目新しい。

壁にも等間隔でランプが備え付けてあるが、青白いものや橙《だいだいいろ》色が混じり個性豊かだ。

（ここに魔物の気配はしないな）

魔王化して更に鋭くなった五感を働かせるも、一切気配がしない。ついでに言えば毒素分解が働くこともなく、有害な何かが漂っている様子もなかった。

けれど、想像以上の広さを誇る祠にいると、ここには何かあるという予感が高まる。

「大丈夫ですか？」

今まで静かにし過ぎたせいでクリスが心配そうに見上げて言う。

「中の様子を窺《うかが》ってたんだけど……あ、なんかこうしてると久しぶりな気がする」

「久しぶり？」

「白黒じゃないクリスを見れたらなんか安心しちゃって」

「……実は私も安心してました。ずっとあのままだったらどうしようって思っちゃって」

彼女の不安はもっともだ。

アインはそっと手を伸ばして彼女の頭をぽん、ぽんと撫《な》でてから、下へ向かう階段に足を向けた。

(最下層には何があるんだろう)

この疑問は祠の存在意義にも通じる。何のためにこの祠が建てられたのかも不明だからだ。

長ならこの答えを知っていたかもしれない。

初代国王をよく知る長ならば、きっと情報を持っているはずなのだ。

しかし尋ねることが敵《かな》わぬこの状況は如何《いかん》ともしがたい。

「絵が飾ってありますね」

階段を下りる途中で、クリスが壁に貼られた絵に気が付いた。場所はちょっと遠いが見えなくもない。

「描かれているのは何でしょう……見たことがあるような地形です。今と比べて簡素ですが、港と思しき場所もありますね」

見覚えのある風景に答えは見つからず、しかし、歩いていると、別の絵が飾られていることにアインが気が付いて目を向けた。

「あっちは平原だ」

こちらもやはり既視感がある。

何の変哲もない平原が描かれているだけなのに、どうしてかその地形に見覚えがある。

「王都……」

ぽつりと、クリスが呟《つぶや》いた。

「そうだ、あの絵は昔の王都です！　以前、似ている風景が描かれた本を見たことがあります！」

最初に見つけた絵は王都にある港であり。

もう一つ、後に見つけた絵は王都近郊であると予想した。

やはり初代国王ゆかりの地？

だとしたらどうしてシス・ミル中をあの現象に飲み込んだのか、アインは不思議でたまらなかった。

絵を眺めていると、不意に。

一瞬だけ、眩《まばゆ》い光を放ったのだ。

「ッ……!?」

すると。

アインは前触れなしに強烈な頭痛に苛《さいな》まれて、無意識に目を閉じる。

――――目を閉じると瞼《まぶた》の裏に浮かんだ景色《けしき》。

絵に描かれていたのと同じ平原に、馬に乗った一人の青年。

彼の後ろには、同じように馬に乗った数多くの人々が並び立っていた。純粋な人も、そして異人も居て皆一様に鎧《よろい》姿で。

『いつかこの地にも俺たちの国を建てよう』

青年の声を聞いて、並び立つ者たちが大いに沸いた。

残念なことに青年は後姿だけで顔は見えなかった。

『行こう、俺たちを待つ者のために』

浮かんだ景色が霞《かす》んでいく。

白い靄《もや》に包まれ、何もない白に覆われていった。


「……今のは」

気が付くと頭痛も消えていた。

目を開けると、アインの様子に気づかずに歩くクリスの姿がある。

「あれ、どうかしましたか?」

「クリスは今の光景を……」

「光景？」

自分しか見ていない、それを悟り。

アインはいつもの様子で口を開いて。

「何でもないよ、気のせいだったみたい」

こう言って、クリスの後を追った。

◇◇◇

見える限りの最下層にあった回廊を進むと、巨大な扉が二人を迎えた。

王城にある宝物庫のそれより遥《はる》かに大きくて、青銅色をした全身が重厚感を抱かせて止《や》まず、さも当然かのように鍵穴《かぎあな》がない。

代わりに、何かが彫って描かれている。

何か森の中らしき景色に、一組の男女が向かい合っていた。

(石畳は普通か)

祠の扉を開けたのとは別の方法を模索しなければ。

そう思って辺りを見渡す。

床も壁も、そして天井にも目新しいものはなくて、気になるものといえば青銅色の扉だけで。

あとは壁に魔石に似た媒体を使ったランプが並ぶくらいだ。

「出来ることといえば、扉を触ってみるくらいいか」

「あっ、それなら私が先にしますね」

クリスが臆《おく》することなく手を伸ばしてみたが、扉はうんともすんとも言わなかった。

「次は俺が」

つづけてアインが手を伸ばすも、結果は同じだ。

「試しに一緒に触ってみよっか」

しかし、結果は変わらず青銅色の扉はがんとして動かなかった。

するとクリスは我慢ならず剣を抜く。

「破壊しましょう」

「やめなさい」

アインがクリスの肩に手を置いて窘《たしな》めたことで、クリスは今の思い付きだった行動を恥じた。だが彼女だけではない。

実はアインも同じことを考えていた。

「俺も破壊したくてたまらないんだけど、もう少しだけ考えてみよう」

壊して何かあってからでは遅いから、とアインは添えた。

二人が暴力的な手段も視野に入れているのは偏《ひとえ》にシス・ミルの状況に尽きる。一秒でも早く元に戻したかったから、いざとなったら強引に突破することもやぶさかではない。

「どこか別のところに仕掛けがあるんでしょうか」

「かもね。それがこの部屋の外だったり、祠の外側、例えば滝の裏側とかに隠されてたりしたら、本格的に強行突破を選ぼう」

「同感です。いざとなったら私が破壊しますね」

「そうならないことを祈ろう。とりあえずこの回廊を見て回らないと」

「――――そうはいっても、アレくらいしか気になるものがないんですよね」

クリスはそう言って壁際のランプを指さした。

確かにあれぐらいしか物がなくて、仕掛けらしきものもない。

「私、触ってきます」

こうして、小走りで壁際に駆けてすぐにランプに触れた。しかしランプにも、あとは扉にも全く変化はなかった。すべてのランプを触って見て回ったが同じである。

つづけてアインが同じ行動をとるも、結果は変わらず。

ランプの陰にボタンが隠されていることもなく、二人は膠着状態《こうちゃくじょうたい》に陥ってしまう。

どうしたもんかと迷い、アインは扉の前に腰を下ろして腕を組んだ。

「うーん」

唸《うな》っていると、不意に強烈な空腹感が押し寄せてくる。

考えてみれば今日は何も食べていない。

「休憩にしよう。腹ごしらえもしておきたい」

「そうですね……長期戦になりそうですし。すぐに用意します」

収納の魔道具というのは便利なもので、こうした場所でもすぐに食事を用意できる。とはいえ温めたりするには別の魔道具が必要で、手の込んだ料理は望めないが。

「はい、どうぞ」

彼女が用意したのは柔らかなパンと焼いてある肉だ。

パンを咀嚼《そしゃく》すれば濃厚な麦の香りと独特の香ばしさが口の中を満たした。つづけて焼かれた肉を口に運ぶと、よく仕込まれた香辛料の刺激が脳を活性化させる。肉は冷めても柔らかくて、決して安物ではないことが分かる。

最後に水を飲んで口の中を潤わせれば言うことはない。

普段と比べれば味を楽しむ余裕があまりない食事だったが、腹を満たせたら十分である。

そう、満たせたら十分なのだが。

(足りないかも)

アインはそれでも空腹に悩まされ、けどそれを口にせず扉を見上げていた。

おもむろに壁にあるランプを見ると、視線が釘付《くぎづ》けにされる。もしもだ。もしもあれが魔石だったらどうだろう。

昔は空腹になると勝手に周囲の魔石を吸っていた。

つまりランプが魔石だったら、アレで腹を満たせるかもしれない。

こんなことはクリスには絶対に言えない。自分でも分かるほど緊張感に欠けていて、呆《あき》れられるのは必定だ。

「もう一回見てくるよ」

だから再度確認するという建前で歩いていき、ランプに触れた。

注意しているとランプからは仄《ほの》かに魔力を感じる。

毒素分解と吸収を作用させ、勢いよく魔力を吸っていくと、瞬く間に空腹が満たされていくのを感じた。

「魔石だったんですか？」

「みたいだ。ついでに全部吸ってみる」

これ以上は空腹によるものではなくて、扉が開くことに期待しての行動だ。

一つ、二つ……三つ。

一個ずつ触れて魔力を吸い、あっという間に片側を終える。残りも特筆することはなくあっさりと吸い終えてしまい、灯《あか》りが完全に消え去り真っ暗闇《くらやみ》が広がった。

しかし。

――――石畳が前触れなしに鈍く光った。それは外にあった柱に似た光り方をしており、床全体が透けて幻想的に光ったのだ。

やがて扉が鈍い音を上げて開いていく。

アインはそれを見て、扉の前に居たクリスと視線を交わした。

「開いたみたい」

「……何なんですか、その仕組み」

ああ、どうしても呆れられる運命だったのだろうか。

彼女の何とも言えない表情は扉に向いた後、アインにも向けられた。

「アイン様に呆れてるんじゃないですからね！　この祠《ほこら》そのものに呆れてるんです！」

「俺も表現に困るけど……珍しい仕掛けだったたと思うよ」

これしか言えない。

鍵《かぎ》となったのが食い意地だとは何が何でも口にしないと心に決め、
「進んでみようか」
本命に向けて邁進《まいしん》するのだと、自分に言い訳をした。
数歩先を歩くクリスを追って足を進めると。
彼女が扉の奥に行った瞬間、遅れていたアインの前で扉が眩い光を放つ。
（――――また……ッ）
まただ。
さっきの絵と同じように、強烈な頭痛が襲い掛かってきた。

――――そう、これもまた同じ。
目を閉じると、瞼の裏に知らない光景が浮かんだ。
今度は扉に刻まれていたように森の中。
『もう大丈夫だ』
と、声の主は先ほどの青年だ。
彼の面前には膝《ひざ》を折り、彼を崇拝するように手を組んだ少女が一人。
少女の服装には心当たりがある。
少し意匠に違いはあるも、エルフの普段着に酷似していた。
それに、顔には一昨日《おととい》会ったばかりの長の面影がある。

『我らを救ってくださったのですね』
『そんな大げさな話じゃないよ、困ってたから力を貸しただけだ』
言い終えてから、青年は少女に手を差し伸べた。
立ち上がり、青年を見上げる少女。
それでもなお少女は両手を合わせて、青年のことを崇《あが》めた。
『……行こうか、君たちの森はもう大丈夫』
気恥ずかしそうに後頭部を掻《か》いて空を見上げる。
…………貴方《あなた》は、もしかして！
声には出せなかった。
だがアインは手を伸ばそうと試みる。

────しかし。
気が付くと、唐突にあの景色《けしき》が訪れた時と同じように。
視界に映る風景はいつものまま。
アインが伸ばした手の先には、先を歩くクリスの姿があるだけだ。
「あの人はもしかして」
結論は急がずに、今は先を急ごう。
クリスを追って、アインは呼吸を整えて足を進めた。

◇　◇　◇

それからも似ている造りが何層もつづいた。仮に祠の内部が翠聖石《すいせいせき》と同じくらいあるというのなら、十分に納得できるぐらいには。

階段を何度も下って、やがてたどり着いた先。

二人を迎えたのはまたも長くつづく回廊だ。

床には深紅の絨毯《じゅうたん》が敷かれていて、壁際には等間隔に額縁が並ぶ。

壁も天井も、王都の城内に似た白い石材が使われている。

気になったのは、額縁には何も収められていないこと。

上にあるように絵が飾られているわけでもなく、純白の紙が収められているだけ。

「奥に扉が見えますね」

クリスが言ったが、その扉は固く閉ざされているようだ。

扉の外観はこれまでとよく似ているが、距離はかなりある。徒歩なら数分かかるくらいには長い回廊だ。

「額縁を確認しながら行こう。鍵になる何かがあるかもしれないし」

「はいっ！」

共に周囲の額縁を一個一個見て回る。

どれもこれも白い紙なだけだが、奥へつづく鍵があると信じて。

――――また白紙だ。

いくつめか分からない額縁を見てため息を吐《つ》いた。

――――当たりはどれかな。

ここまで来たんだ。奥へ進む鍵がないとは考えられない。

またいくつも額縁を眺め、時に下から覗《のぞ》き込みもしたが変化はない。

あるいは額縁の裏に隠してあるとか。

冗談のつもりで額縁に手を伸ばし、引っ張って見た刹那《せつな》のこと。額縁に収められた白い紙が不意に光りだして、何かを描いていく。

やがて描かれたのはアインも知る人物で。

「ラムザさんだ……」

見たことのない涼しい笑みを浮かべた彼は、背に自慢の大剣を背負って。

芝の上に倒れた小さな男の子の背を眺めていた。

『どうだ、父の強さは身に染みたか？』

頭痛はなく、瞼《まぶた》の裏で何かを見せられることはなかった。

今の声は穏やかに心の中に響き渡っただけ。

アインが呆然《ぼうぜん》としていると、絵は蛍のように瞬いて消えてしまう。

――――今のは、一体。

額縁から手を放してからすぐに、別の額縁に手を伸ばすと。

『いい？　スキルっていうのは特別な力なの』

書庫らしき場所、そこに置かれた机に向かう少年の隣から声をかけたミスティの姿と、彼女の優しい声。

『私のように叡智《えいち》を求めて長く生きたアンデッドは、やがてエルダーリッチに進化して、大魔導っていうスキルを使えるようになるの。たくさんの魔法を使えるのだけど……例えば、耐性のない相手を拘束したり、放たれた魔法を破壊したりできるんだから』

また別の額縁に触れれば――――。


……ああ、どうやらこの額縁が正解だったらしい。

慣れてきた痛みが頭を襲い、自然と瞼が降ろされていく。

次に瞼の裏に浮かんだ光景には、見覚えがあった。

壁一面の本棚と、部屋の奥に置かれた机の配置にも。すべては以前、港町マグナで足を運んだ初代国王ジェイルの別邸、その地下室に他ならない。

『俺はどうすればいいんだ』

今まで見てきた青年の声。

彼はそう言いながら、手元にあった本に字を書いていく。

『また多くの種族が奴《やつ》に従いはじめた。俺たちの声に耳を傾けることはなく、姉上の欲求に応《こた》えるように力を奮っている』

――――ああ、やっぱり、そうだったのか。

『父上と母上はどうしているだろう。姉上のことを止めようとしてるのだろうか』

地下室で見た本の中に書かれていた文字と一字一句違《たが》わず。

青年の、ジェイルの想《おも》いが吐露される。

『数えきれない仲間が死んでしまった。姉上はどうしてしまったんだ。俺が姉上と戦うしかないのだろうか』

やがて立ち上がり。

『……やるしかないんだ』

彼は本を閉じて部屋を後にした。


あの重厚な扉が閉じていくにつれて、アインを襲う頭痛が弱々しく。

比例して、瞼がゆっくりと開いていった。

あまり多くは考えられなくて、ほぼ無意識に奥にあった扉へと目を向けた。

予想通りだ。

扉の方から鍵が開くような音が響き渡った。

「クリス」

離れたところを探索していた彼女を呼び寄せて、嘘《うそ》をつく。

「何かボタンみたいなものがあったんだ。押したら扉の方から音がしたよ」

「……次からは押す前に私を呼んでくださいね？」

「ごめんって、気を付けるよ」

笑みを浮かべて言うとクリスは不満げだが。

彼女は嘘を見抜けず、やってしまったからには仕方ないという態度を見せてから、アインの数歩前を進んで扉へ向かった。

扉の前に立つと、勝手に開かれる。

「行こう」

クリスにそんな態度をとられても一向にアインの覇気は衰えず、勇敢な声をしていた。

さて、扉の奥は眩《まばゆ》い光に包まれていて窺《うかが》えない。しかし風が吹いていた。アインたちの下にまでたどり着く風が。

まるで外に出ると言わんばかりの空気感だった。

（ここまで来て外に出るだって？）

もしかしたらシス・ミルを出て別の場所まで来ていたのかも。

このほかにも予想はいくつも浮かんだが、有力なものは一つもなかった。

考えている間にも、勇ましい足取りで怯《ひる》まずに扉の中へ向かう。二人はやがて剣を抜き、これまで以上の警戒心を持って扉の奥を見た。すごく眩《まぶ》しい。つい片手で目元を覆ってしまうものの、目を細めて様子を窺うことは忘れなかった。


――――やがて。

二人が扉の中に足を踏み入れると、涼しい風が吹き抜けた。

自分たちは一体、どこにいるんだろう。

これまで祠の中にいたはずなのに、これではまるで――――。

「空の上？」

クリスがそう言って放心した。

見渡す限りが空の上だ。見下ろすと漂う雲がところどころ茜色《あかねいろ》に染まり、普段見上げていた夕方の空が広がっているではないか。

「下に向かっていたはずなのに……」

不思議な状況にアインもまた呆気《あっけ》にとられてしまう。

目の前には数十メートル先までつづく石の道。その奥には扉が寂しくも鎮座していた。

アインはこれが本物の空なのかは、ひとまず考えないことにした。自分たちが立つ場所から落ちたら一溜《ひとたま》りもないことだけが分かれば十分であると。

「クリス、道は十分広いんだ。変なことをしなければ落ちないから大丈夫だよ」

「……こんな時に、姉が高所恐怖症だったことを思い出しました」

「で、クリスは？」

「私はというと、幼い頃《ころ》は木登りをしすぎて怒られたことがあります」

それは頼もしい限りだ。

彼女の足元を見れば少しも震えていない。

「ですがアイン様、下にある景色《けしき》をご覧ください。あの大陸はイシュタルのはずですが……少し変なんです」

「――――ほんとだ。建物が少しも見えない」

「不思議ですよね。まるで何もなかった時代のイシュタリカみたいです」

二人がいる場所が遥《はる》かに高い場所であることを除いても、これほど建物が見えないのはおかしい話だった。王都があるはずの場所には、あの王城だって建っていないのだ。

この景色はやっぱり偽物なのか？

アインが前を歩くクリスを追って一歩進んだところで、彼の頭を急な頭痛が襲った。

「ッ……く……ぁ……ッ⁉」

目の前が霞《かす》んでいく。

風があるせいかクリスはアインに気が付いていない。彼女に手を伸ばし、何とか気づいてくれと祈ったアイン。

だが、彼女が気が付くより前に限界が来た。

砂嵐が吹き荒れたが如《ごと》くノイズがアインの視界を占領し、クリスに縋《すが》ろうとする意識を奪い去ってしまう。

すると身体《からだ》が唐突に軽くなった。

軽くなったと思いきや、視界……あるいは意識だけが床をすり抜けて急降下。空を飛び、風に乗って彼方《かなた》の地面へ猛進した。不可解に思い空を見上げると、さっきまでいた床が見えた。また、床の端にはうずくまった自分の姿も確認できた。

抵抗なんてできやしなかった。

目に見えない絶対的な力が、自分を地面に引き寄せていた。

◇　◇　◇

だがそれも、不意に訪れた強烈な耳鳴りにより終わりを迎える。

アインが思わず目を閉じようと意識をすれば、幸いにも視界は真っ暗闇《くらやみ》に包まれて、耳鳴りもすぐに収まる。

問題は目を開こうと意識した後に訪れた――――。

「ここは」

気が付くと砂塵《さじん》の中に居た。

目をつむりたくなるほど濃い砂嵐が吹き荒れるも、地面を見れば砂漠ではない。同時に耳を刺す怒号を聞いて、アインはここが戦場であると無意識のうちに理解した。

「ハッ……ハッ……ハァァアアッ！」

砂煙の中から現れた獣系の異人。

その男は血走った瞳《ひとみ》でアインを見て剣を振り上げ、興奮した様子で口を開いて牙《きば》を露出した。

鎖骨の辺りには、真っ黒な魔石が赤黒い血管をまとって鼓動していた。

「何が何だか――――ッ！」

アインはいつの間にか四肢の感触を取り戻していた。

身体は空にあるはずなのに、伸ばされた手は腰に携えた剣に届く。この現象への理解を深めるより先にそれを抜き去って構えたのだが。

「イイァァアッ！」

異人の剣がアインの身体を通り抜けた。

戸惑いながら振り返ると、背後には胸に剣を突きさされた人間の姿がある。

「くっ……やめろ……私はまだ……かっ……ぁっ……」

「ハッ！　ハァッ！　ハァァッ！」

人間が絶命する姿を見てアインが息を呑《の》む。

しかし息をつく暇も無く、新たな異人が気勢を上げて飛びかかった。すると人間や、人間と共に居る異人たちが応戦する。

けれど気勢を上げた異人は力が強く、いくつもの命を奪い去ってしまう。

「やめろッ！」

助けようと剣を振るも、アインの剣に手ごたえがない。

空を裂くだけで助けになりやしなかった。

「どうして……ッ⁉」

戦場は苛烈《かれつ》さを増し、砂塵が更に舞い上がる。

肉を裂く音。絶命する前の悲鳴。武器と武器がぶつかり合う音に加え、戦場特有の香りもしてきた。

鉄臭い血の香り。そして肉が焦げる不快な香りが鼻に届いて気分が悪い。

これが戦場というものなのだろうか。

しかし正気を失っているように見える異人たちの精強さに違和感があった。セージ子爵が連れて居たワイバーンのようだったからだ。

アインがその様子に目を奪われていると、辺りに角笛の音が響き渡る。

「まさかッ」

「ふざけろ！　まだ数が増えるって言うのかよッ⁉」

「今でも限界が近いんだぞ⁉」

人間と、その仲間である異人が狼狽《うろた》える。

それでも彼らは逃げ出さず、ある者は密《ひそ》かに震えながらも剣を構え、またある狼男《ワーウルフ》は涙しながらも気丈にも口を開き牙を見せ、雄々しく遠吠《とおぼ》えをしてみせた。

すると遠くから声がする。

「我らが血を流せば陛下が血を流さずに済む！」

恐らく司令官だ。

その声は皆を奮い立たせ、決意を抱かせる。

だが、無情にも遠くから近づいてくる足音が多い。数百？　数千？　下手《へた》をすれば万を超す大軍勢が近づいてきていた。

「誇り高き同胞たちよッ！　駆け――――」

駆けよ、彼はきっとそう叫ぼうとした。

だがその刹那《せつな》。

「あぁ……あのお方がッ！　あのお方がいらっしゃったァッ！」

一人の人間がそう言うと、砂塵が瞬く間に晴れていく。

――――戦場の空気が変わった。

あっという間に、一瞬で変わっていったのだ。

つづき、先ほどとは逆の方角から角笛が吹かれた。ひときわ大きな歓喜の声が上がり、逆に正気を失っていた異人が気圧《けお》された。


『剣を掲げるんだ』


その男の声は視線の先、砂塵があったはずの場所から聞こえてきた。

声に応《こた》え、辺りの者たちが一斉に剣を掲げる。一斉に、示し合わせたように覇気のこもった咆哮《ほうこう》と共に。

一方で、アインは救世主ともいえる男の登場に呼吸を忘れていた。

男の姿は遠いからよく見えない。唯一分かったのは輝きだ。馬上で男が掲げた剣が白銀色の旋風を纏《まと》っていた。他に分かったことと言えば、銀の軽鎧《けいがい》を着ていたことぐらいだ。

現れた軍勢が彼を見て怖気《おじけ》づく。

慌てて逃げ出す姿はまるで烏合の衆で、蜘蛛《くも》の子を散らすように散開した。

だが、許しは無い。

男が一振りするだけで、白銀色の旋風が軍勢を襲う。清廉な魔力が波となり襲い掛かり、為《な》すべなく存在ごと消し去られていく。

本当に一瞬の出来事だった。

男はたった一人で戦場を変え、軍勢を退けてみせたのである。

『さぁ────ッ！』


勝利の雄たけびを上げる仲間たちへ男が振り返る。

この瞬間、アインを激しい頭痛が襲った。先ほど以上の、すぐに目を閉じたくなる強烈な痛みだった。


「待ってくださいッ！　貴方はッ！」

一目でいいから顔を見たいというのに、目を開けられない。

アインが見ることが出来たのは、男が持っていた白銀と金の剣の全貌《ぜんぼう》のみ。それ以上を欲して強引に目を開けようとしたが。

ここに来たときと同じように、身体《からだ》が急に軽くなる。空に浮き、戦場の声も届かない高さまであっという間に飛んで行ってしまった。

◇◇◇

元に戻ったという表現が正しいかはアインにも分からない。

だが、確かに元の身体に意識が戻っている。ついでにクリスとの距離もそう遠くない。どうやらさっきまでの出来事は、時間にして数秒も経《た》っていなかったようだ。

「あ、あれ、アイン様？」

近くに居たはずのアインが居ないことに気づき、クリスは慌てて振り返って言った。

「座っちゃってどうしたんですか⁉」

「そんなのはいいから！　クリス、今の景色《けしき》ってッ！」

「は、はい？　今の景色って……下にあるイシュタルのことですか？」

「そうじゃなくて！　今さっきの戦場のこと！」

「戦場……？」

彼女はきょとんと小首を傾《かし》げるばかりで、意識の共有が図れない。

（今までの絵のように俺だけが見ていた？）

与太話と吐き捨てるには現実味を帯びていた。

あの戦場の悲惨さを忘れるなんて出来ない。鼻孔に届いた血の香りはまだ残っていたし、耳を刺した叫び声の余韻もある。

間違いなく、あの光景を見たのは嘘《うそ》じゃなかったと言い切れる。

これまで見せられた光景以上に、現実的すぎたのだ。

「アイン様、アイン様。戦場っていうのはいつの戦いのことですか？」

下手に教えても不安にさせてしまうだろう。

「なぜかこの前のマグナの騒動を思い出しただけだから、やっぱり気にしないで」

だからアインはごまかすことに決めた。

笑みを繕って立ち上がり、もう一度嘘を言う。

「さっきは靴の紐《ひも》がほどけてて転んじゃったんだ。皆には内緒にしといて」

「もー……危ないじゃないですか！」

「ちゃんと結び直したって。ほら、中々の結びっぷりでしょ」

「開き直らないでください！　落ちたら危ないんですからね！」

「悪かったってば。ほらほら、先を急ごう！」

「むぅ、転んだくせに得意げですね……」

このくらい生意気な方が疑われにくいはずと思っての言動が功をなす。クリスはアインのことを何一つとして疑わず、彼の言葉に従い、空に架かった道を進むことに意識を向ける。


進んだ先にあるのは扉だ。

物寂しくも一つの扉だけがあり、周りには何もない。

でもアインが既視感を覚える装飾が施されていた。

「さっきの剣に似てるな」

「はーい？　何か仰《おつしや》いましたか？」

「いや、何でもないよ」

戦場で見た男が手にしていた剣は白銀と金、この二色を基調とした高潔で気高さを孕《はら》んだ直剣であったが、目の前の扉も同じだ。

白銀色の全体には蔓《つる》や葉を模した金の装飾が施され、今日見たどの扉より格を感じる。

「ついに鍵《かぎ》が来ちゃいましたか……どうしましょう」

鍵というよりは封印だ。アインは先ほど扉に施された金の装飾を見ていたが、それが扉に纏わりつき、開くことを阻害していた。

模した蔓や葉の本来の性質を表すように、所々が鬱蒼《うっそう》としている。

だが、クリスがおもむろに手を伸ばすと。

「え……えぇえ⁉」

金の蔓が彼女の手を撫《な》で、葉を伴って萎《しな》びれる。

見る見るうちに扉の装飾が消え、鬱蒼としていたのが嘘のようになくなった。

「アイン様っ！　勝手に消えちゃったんですがっ⁉」

「不思議なこともあるもんだ」

他人事《ひとごと》みたく言ったアインにクリスは不満げだったが、彼は彼で、これでも驚いていた。この祠《ほこら》はやはり、初代国王と所縁《ゆかり》の地なのかともう一度考えてしまう。

いずれにせよ扉は開けそうである。

そう思ったのだが、クリスがいくら押しても扉は開かない。

（まさかね）

今度はアインが手を伸ばす。

扉が眩《まばゆ》い光を放ち、やがて扉そのものが光の粒子と化す。

風に吹かれて空に散り、先が見えない深い霧が二人の視界に映り込んだ。残っていた扉の枠の内側が濃い霧に満たされていて、奥に空が見えることもなかった。

また、別の場所へ通じているのだろうか。

気になるのは、これまでと違い靄《もや》が消える様子がないことだ。

「例によって、先に進もうか」

「……ですねー」

ここまで来たらそれしかない。

二人は呼吸を合わせて扉の中に足を踏み入れた。


その先に広がっていたのは石造りの回廊だ。壁も床も、天井に至るまでよく磨かれた表面が周囲の光を反射していた。

左右の壁一面には台座に据えられた魔石が何百、何千と並ぶ。

所々、武器や防具もあるのが不思議だった。

(これまでと雰囲気が違う)

一見するだけで分かる話だが、そもそも別の建物に来たような印象を受けた。

たとえるならば、神殿。

それも神殿に付設された大霊廟《れいびょう》といったところか。

アインはこれがあながち間違いではないと感じている。魔石はそもそも魔物か異人が体内に宿すもので、大量に並ぶということは遠からぬ意味であると考えていた。

…………もしかしたら。

…………あの戦場と関係があるのか。

魔石は戦場で亡くなった異人種たちのもので、武器や防具は魔石を持たない人々の遺物。

だとすれば、大霊廟という表現がより一層しっくりくる。

「ここが最下層かもしれませんね。あはは……さっきまで空に居たので、この表現でいいのか分かりませんが」

「俺もそう思うよ、雰囲気なんか特に」

ますます警戒心を抱き足を進めた。

景色《けしき》はしばらく同じだったが、回廊を進むこと数分で様子が変わる。


二人がやってきたのは円筒状の巨大な広間である。

床一面は磨かれた灰色の石畳が敷き詰められ、円状の壁際には等間隔に柱が立つ。柱の間には光が差し込むステンドグラスが何層にも連なり、王城に勝る高さを誇る天井までつづいていた。

何処かへ通じる道らしきものも、扉も階段もない。

間違いなくここが祠の最下層だろう。

ところで、今いる広場は何もないわけではなかった。

広間の奥には祭壇を想起させる石造りの土台がある。

そこに、一本の剣が突き立てられている。

ステンドグラスから差し込む光が辺りを照らす。剣が光を受けた光景はさながら聖画に描かれた神々の肖像に似て、荘厳且つ絶佳だ。

有無を言わさぬ憧憬《どうけい》を抱かせて止《や》まない。

(あの剣は……)

アインは目を見開いた。

光に照らされた剣はついさっき、戦場で見た剣によく似ていた。そうはいっても、剣身が赤銅色に錆《さ》びついていて、同じ剣なのかは分からない。

「あの剣は抜いたらいけない気がします」

「俺もだよ。聖域の中央、祠の最深部にあった剣を抜くなんて、ほぼ間違いなく状況が変わると思う」

それが好転か悪化かは分からないが、変化は訪れるだろう。

ただ、そうは言っても。

どんなに周囲を見渡したところで何もない。

現に何が出来るかは限られていて、剣に近づくか、引き返して祠の中を探索する。それか実は外の現象が収まっていたという、都合の良い願望を抱いて立ち去るかだ。


だが、その時は唐突に訪れた。

剣が突き刺さった土台へと、さらなる光が注がれた。

耳を塞《ふさ》ぎたくなる雷鳴。

ステンドグラス越しの陽光が何もない宙で屈折を繰り返し、目がくらむ強烈な閃光《せんこう》が一本の光芒《こうぼう》を成す。

光芒は雷火を纏い天を穿《うが》たんと舞い上がり暴風を放った。

「俺の傍にッ！」

アインは膝《ひざ》を折って風に耐えながらも、隣にいたクリスを片腕で抱き寄せた。すると彼女は呆気《あっけ》にとられながら身体《からだ》を委ねる。

何かが来る、心の中でアインはその何かの正体を分かっていた。

あの剣が光に包み込まれているのだから、結果は分かり切っている。それを考えるだけで額に汗が浮かんでくるのを止められない。


――――光芒が飛び散る。


視界を遮っていた眩《まぶ》しさが消え、暴風も失《う》せた。

アインはクリスの身体を支えながら立ち上がると、突き刺さっているはずの剣を見た。

（ああ）

案の定だった。

剣は抜き去られ、土台の傍に立つ男の手の内にある。剣は戦場と同じように白銀の旋風を纏《まと》っており、銀の軽鎧姿と相まって、あの凄惨《せいさん》な戦場を思い出すのに事足りた。

錆びついていた剣身も輝きを取り戻し、先ほどと違い息を吹き返したよう。

「嘘《うそ》……嘘です……」

彼女は現れた男を見て放心していた。

見惚《みと》れているという感じではない。驚きのあまり言葉を失い、呆然《ぼうぜん》としていたというのがぴったりな表現だ。

「あの剣……どうして……ッ！」

必死の声にかぶせるように男が剣を掲げた。

すると何処からともなく鐘の音が響き、一秒、また一秒と時が過ぎるにつれてステンドグラス越しの陽光が色を変えた。

茜色《あかねいろ》に染まるも止まらず、夜の暗闇《くらやみ》が辺りを包む。

しかし月明かり、星明かりと思《おぼ》しき光が現れたことで、何とか視界を保てている。

(イストからの帰りを思い出す)

水列車の上で戦った夜のことを思い出しながら、アインはゆっくりと剣を抜いた。

「駄目ですッ！　あのお方と戦ってはいけませんッ！」

「どうしたのさ急に！」

「絶対に駄目です！　だってあの剣は、あのお方は――――ッ！」

彼女が言い終えるより先に、男が消えた。

ふっと風のように消えたと思いきや、次の瞬間。

「ッ……!?」

アインの背後に現れた冷たい殺気。

ほとんど無意識のうちに身体をひねると、立っていたはずの場所を白銀の旋風が通り抜けていった。

「ハァッ、ハァッ……」

一瞬でも反応が遅れたら、間違いなく死んでいた。

急激な緊張によりおびただしい量の脳内物質が生じてくる。頭が冴《さ》え、これまでに得たいくつかのヒントから急な閃《ひらめ》きを得た。

隠された血脈と正統なる血脈。そして、唐突に見せられた戦場の光景。

加えてクリスの動揺した言葉から察するに、あの男は。

「あれが初代陛下の剣だなんて言わないよね」

体勢を整えながら、クリスは何も言わずに頷《うなず》いた。

クリスは本か何かであの剣を見たことがあるようだが、この際、出典はどうでもいい。

「ああ、なるほど」

思いのほか驚いていないのは、心の奥底ではそうだろうと予想していたからだ。

ここに来るまで何度も見た光景に、あの戦場。

分からない方が馬鹿だ。

ただ、理由はどうあれあの男が初代国王――――あるいは、彼のアンデッドか何かだとしたら、アインも戦うつもりは毛頭ないのだが。

彼は目にもとまらぬ速さの踏み込みでアインの懐に入り込む。

「くっッ！」

「ダメ……速すぎる……ッ！　アイン様ァッ！」

クリスがアインを庇《かば》おうとレイピアを構えるが遅い。男の速度に追いつけなかったのだ。

「アアァァァッ！」

吠《ほ》えたアイン。

技も何もない強引な剣戟《けんげき》を放つも身体はあっさりと弾《はじ》き飛ばされ、一瞬で肺から空気が失われて息苦しい。

……まるで子供扱いじゃないか。

痛みが少ないのが救いか、宙を飛ぶ最中に辺りを見渡して苦笑する。

やがて壁に衝突すると、クリスが駆け寄り彼の頭に手を添えた。

「大丈夫ですか……⁉」

「このぐらいなら何とかね。……ただささ、戦わないで収めるってのは無理だ」

「で、ではせめて外に出た方が……ッ！」

「残念だけど、それはもう出来ない」

流し目で扉の方を見るように促した。アインが苦笑したのは、扉が固く閉ざされているのを見てしまっていたからだ。

「もう戦うしかないんだ。そうしないと俺たちが斬られる」

「…………ですが」

「安心して。相手は初代陛下のアンデッドとかではないから」

初代国王と関係のあるナニカではあるはずだが、今は分からない。

「どうして言い切れるんですか？　もしも本当に初代陛下だったら――――ッ」

「俺はそれがあり得ないって言い切れる理由を知ってるからだよ。王家の秘密ってことで内容は伏せる。……何にせよ」

戦わなければいけない。扉が開かず後戻りが敵《かな》わない今、戦わなければ斬り伏せられてしまうだけだから。

アインがそう言った刹那《せつな》、また、男の姿が消えた。

今度はクリスの死角から肌を刺す殺気が漂ってきたことで、アインは少しも迷わずに剣を振り上げた。一方のクリスはまだ迷いがある。相手が初代国王と深く関わりのあるナニカと思えば致し方のないことだ。

「させるか……ッ！」

守るために剣を振り下ろすも。

「嘘だろ⁉　その体勢からっ⁉」

男はクリスに向けていたはずの剣を器用に方向転換して、背後から迫っていたアインの剣を軽々と、振り向くこともせずに剣の腹で受け止めた。片腕で、しかも体勢的にも力が入るはずがなかったのに、逆にアインの身体《からだ》が重心を崩す。

だが、アインの力は剣技だけではないのだ。

目の前の男を初代国王ジェイルということにして、アインは叫ぶ。

「俺と一緒に吹き飛んでもらうぞッ！　初代陛下ッ！」

氷龍の力と暗黒騎士の力。そしてドライアドの力まで余すことなく使い、ジェイルへと攻撃を放ったのだが。

『………………』

ジェイルが何も言わずに剣を振り上げた。

白銀の旋風が彼を中心に竜巻のように蠢《うごめ》き、爆《は》ぜてアインの攻撃を無力化する。

逆に、アインと、庇われていたクリスが圧に負けて吹き飛ばされてしまう。

「俺の手をッ！」

必死に彼女を庇い、アインはクリスが手を取ったところで彼女を胸元に抱き寄せ、衝撃に備えて身体を丸めた。幻想の手を生み出して背中を守るが、壁に強く衝突したせいで肺から一気に酸素が抜けた。

しかしアインは気丈に目を開けて、ジェイルから視線をそらさなかった。

暗くて、あとはジェイルの髪の毛が舞っていたせいで彼の顔つきは窺《うかが》えない。アインはどうせなら一目見てみたいものだと不敵に笑う。

「アイン様はどうして……どうして迷わず戦えるのですか」

「そんなの決まってる」

立ち上がり、アインは明確な闘気を瞳《ひとみ》に宿した。

「初代陛下が俺の大切な人に剣を振るのなら、俺は初代陛下と戦うことになっても後悔しないからだ」

彼は最後にこう添えて、困った様子で頬《ほお》を掻《か》きながらクリスに振り返った。

するとクリスは心を揺さぶられた。親愛の念によるものではなく、彼の言葉に自分もそうだと理解させられたからだ。

「そっか、私もそうだったんだ……」

アインが斬りつけられそうになったとき、確かに剣を抜いて構えたのを覚えている。

傷つけられるのがアインと思えば、そうだ、自分も戦うことに何の躊躇《ためら》いもなかったではないか。

「初代陛下、私は王太子のアインと申します」

『……………』

「お願いします、剣を収めてください。祠《ほこら》の扉を開けてしまったこと、あるいは祠に足を踏み入れたことでお怒りになられてしまったのなら、私はどんな謝罪でも致します。だからどうか剣を収めてください」

この言葉は届かず、ジェイルは言う。

『力を示せ』

脈絡も何もない台詞《せりふ》である。

けれど二人が怒りを買うような行動をしたわけではなさそう。力を示せという言葉の意味はよく理解できないが、戦いは避けられぬようだった。

アインとクリスはそれを理解し、戦意を高める。

「出来れば無力化したいな」

「む、難しいことを言いますね！」

「だよね、自分でもそう思ったところだよ」

相手は英雄王だ。

大戦を終結させた男で、魔王アーシェを討伐したイシュタリカ史上最強と言っても過言ではない男である。

そんな男を相手に無力化なんて贅沢《ぜいたく》か。

死力を尽くして尚《なお》、相対するに値するか分からないほどの戦力差があってもおかしくない。

「参ったな、こんなところで目標を成就させる気はなかったのに」

何年も前に打ち立てた、初代国王ジェイルを越えるという目標。

成就できるか否かはおいておくとして、この状況は望んでいなかった。

「俺が前に出る。補助を頼みたい」

「……納得しかねますけど、今だけは従います」

主君に危険な前衛を任せることには抵抗があるが、きっと、自分が前に出ても足手纏《あしでまと》いだ。これが負ければ死ぬかもしれない戦いなら、従わないという選択肢はない。

「頼もしいよ。クリスが居てくれるなら俺は安心して戦える」

また調子のいいことを言って、とクリスが笑う。

さて、クリスはこの時まで、自分が前衛を務められないのは相性の問題だと思っていた。彼女はロイドよりも速い体術を武器としているが、相対するジェイルがそれ以上に速かったから自分は不向きだと思っていた。

しかし、実際はそうではない。

「相手が貴方なら、手加減なんてできやしない」

アインが振り上げた黒剣が凶悪な冷気を纏い、神速の剣閃《けんせん》が月明かりに反射した。

「ハァァッ！」

氷の波がジェイルを襲う。

触れたらただの凍傷では済まされない絶対零度が石畳を伝って駆ける。

しかしジェイルはあっさりと。

息を吸うように自分の魔力で冷気を払ってしまう。

されど、いつの間にか姿を消していたアインがジェイルの背後から現れて、何本もの幻想の手を用いて攻撃を放つ。

言葉通り容赦がなく、破壊力にしか重点を置いていない攻撃であった。

そう、これこそがクリスが前衛を務められない理由だ。彼女が前に居ると、アインは彼女にも怪我《けが》をさせてしまう。それを嫌うからこそだ。

「さすがの貴方でも一撃ぐらいは――ッ」

甘い認識だったと悟るのはこの後だ。

ジェイルは一本、迫りくる幻想の手を身体を旋転させて躱《かわ》すと、手にした剣で躊躇いなく斬り落とす。つづく二本目、視界の外から襲い掛かったそれを見ることなく躱し、無造作に振り上げた剣で斬り裂いた。

三本目の幻想の手は紙一重で交わし、石畳に突き刺さるよう誘導すると。

「な――ッ」

突き刺さった腕をジェイルは駆け上がった。

彼はアインの頭上に到達すると一瞬の躊躇いもなく剣を振り、残る幻想の手すべてを斬り落としてしまう。

「させませんッ！」

アインが痛みに顔を歪《ゆが》めている最中も、白銀の剣は彼へ肉薄する。

放たれた旋風が彼の剣に直撃。

ジェイルの剣がアインの柔肌《やわはだ》を斬り裂きかけていたところへの衝撃が、ジェイルを数歩ながら後退させる。

（……強い）

何て男だろうか。

速さ、膂力《りょりょく》、技術。何もかもが自分の知らない高みに居た。

「もっとだ……もっと力を」

アインの両腕を漆黒の光球が包み、現れたのは暗黒騎士の手甲。

黒剣を握り直すと、更なる力の奔流を感じる。

『災厄であれ。そうでなければ災厄には勝てない』

何を言っているんだ、ジェイルが言う言葉が理解できない。

「いや、気にしている余裕はない」

「大丈夫でしたか⁉」

「ごめん、さっきは助かった。俺の考えが及ばないぐらいに強かったらしい」

「……私も考えが甘かったようです。姉より遥《はる》かに強い人なんて、生まれてはじめて見ました」

「あのセレスさんよりね。確かにそうかもしれない」

ロイドでも足下に及ばなかったという最強のエルフ、そのセレスに勝っているのは当然と言えば当然だ。

「つづけよう」

決意を声に、改めて駆けた。

今度はジェイルがアインを受け止めるため、剣を振る。

『だから私は災厄になりたかった』

意図のつかめぬ言葉の後、ジェイルが剣を振ると彼の周囲が業火に包まれた。石畳が一瞬のうちに溶解。猛烈な熱、呼吸をするたびに肺を痛めつける蒸気が立ち込める。

業火の壁がアインの行く手を遮ったが。

「止まると思ったか」

アインは臆《おく》さず、目を見開くや否や剣を振る。

こっちにだって力がある。炎に対して氷の力だ。

だが、アインが放った冷気が熱気に押されていく。認めたくないが、地力の差だ。たとえ魔王になろうと勝れない絶対的強者との差だ。

ジェイルが剣を振り、業火が宙に舞う。

「止まる気はないぞッ！」

同じくアインは剣を振り、以前、マグナで使った氷の龍を作る。双子の海龍を模したそれは二頭が空を泳ぎ、うねり、猛進した。

『あるべき姿は光ではなく、闇《やみ》なんだ』

業火が姿を変える。氷の龍に相対するは業火の龍だ。

溶岩を滴らせ翼を大きく広げたところへ氷の龍が牙《きば》を剥《む》く。何者であろうと凍り付かせる絶対零度が業火の中で爆《は》ぜた。

「…………とんでもないよ、ほんとに」

結果は、業火が更に力を増しただけ。

港町マグナ全体に雪を降らせたほどの魔力が、あっさりと雲散して。

しかしアインは悲観していない。

「初代陛下、私も胸をお借りします」

隙をついたクリスの風が背後から業火を揺らした。

アインの行く手を遮っていた壁に、一筋の道が現れる。

「これなら届くッ！」

腕を伸ばし、剣を振って残された熱気を払う。

灼熱《しゃくねつ》が肌に届くまで、まばたき数回くらいの猶予しかない。アインの足が更に、ひと際強く血液を流し込まれ、筋繊維一本一本が熱を持った。

――――ようやくの鍔《つば》迫《ぜ》り合《あ》い。

ついにアインの剣が真正面からジェイルを捉《とら》えた。

「くっ……あ……アァァアアアッ！」

訳が分からなかった。

びくともしないどころじゃない。

例えば大陸イシュタルの端に立って、大陸そのものを動かそうとするかのような。なんて馬鹿げた話だと聞いた者が全員笑い飛ばすだろう。しかし今のアインは、自分がその馬鹿げた話を成し遂げようとしているように思え、脂汗を浮かべたまま思わず笑ってしまった。

『堕《お》ちるんだ。堕ちてからが真の闘いになる』

「貴方はさっきから、一体何を！」

『覚悟が無ければ失うだけだ』

ふと、業火による風がジェイルの髪の毛を舞い上げた。

「ッ――――その顔は」

悲しそうな、一縷《いちる》の望みにすべてを懸けた決意の表情を見た。

もう一つ、彼の顔が鏡で見る自分の顔によく似ていると気が付き、言葉を失った。

憧《あこが》れていた人物と似ていると思えば悪い気はしない。実際のところ血縁だし、似ていたところで普通である。

気に入らないのは全く歯が立たない現状だけだ。

『繰り返すなら、共に倒れる方がいい』

アインの黒剣が軋《きし》みを上げた。

鍔迫り合いによる相手の膂力に耐えきれず、刃《やいば》が削られ、根元から鈍い音が聞こえてくる。

あのマルコから受け取った素材で造ったこの黒剣が。海龍の骨ですらあっさりと斬り裂いた剣でもここまで追い詰められるのか。

もう十分だ。

貴方が強いのは心の底から理解した。

「頼むから……止まってくれ」

願いを口にするほどの戦力差に。絶望的な力の差に弱音が漏れた。

しかし無情にもアインはジェイルの力の前に敗北した。

まただ。また、虫けらのように吹き飛ばされてしまって情けなさに目を閉じる。

壁に衝突する直前、受け身の体勢をとれたのは朧《おぼろ》げにも意識に残された譲れないことのためだ。

「アイン様ッ！」

何が何でもクリスだけは助けたい。

外に出たところで完全にシス・ミルが元通りかは分からない。

だけど、ここで息絶えるより絶対に良い。

「ッ……ぁ……くそ……」

全身が痛みにより悲鳴を上げる。

駆け付けたクリスが手を貸してくれなかったら、くじけていたと思う。

「痛い、ですか？」

「……別に大したことないよ」

強がってから、スキル・氷龍を使った。

こうしている間にジェイルが攻撃してこないように、彼を包み込む分厚い壁を作り出す。

素直にとどまってくれる気はしない。

だが予想に反して動く様子がなかった。まるでアインが立ち上がるのを、攻撃を仕掛けるのを待っているかのように。

「こんなの余裕だって」

「嘘《うそ》です。こんなに怪我《けが》をしてしまっています」

「……まだ大丈夫」

「いいえ、もう我慢できません」

クリスはアインの手を握り、慈愛に満ちた微笑《ほほえ》みで彼を見た。

「もういいんです。アイン様にだけ無理はさせません」

そう言って立ち上がると、身体《からだ》をくの字に曲げてアインに手を伸ばす。

さぁ、立ってください、こう言って。

いつもの彼女からは想像できない要求だが、理由はある。

「初代陛下はやっぱりすごい方でしたね。ついでに、良い言葉を教えてくださったので感謝することも出来ました」

「良い言葉？」

「はい。共に倒れる方がいいっていう言葉が気に入りました」

アインは伸ばされた手を握って立ち上がった。

どうあっても全身が痛い。気のせいだったらと期待してみたのだが、そんなことはない。

「一緒に精いっぱいの攻撃を仕掛けましょう」

「駄目だ」

即答したところ、クリスは首を横に振る。

「もうそれしかありません」

「俺がなんとかする、だからクリスにはもう少し補助を――」

彼女はもう一度首を横に振って言う。

「共に倒れる方がいい、その覚悟が必要なんです」

じっと見つめてくる瞳《ひとみ》。

宝石のようで、見ているだけでもうっとりしてしまいそう。

ただ、瞳以上に彼女の気高さが美しかった。

アインは剛勇を見せつけられ、一瞬でも諦《あきら》めかけた自分を恥じる。頬《ほお》を強くパンッ！　と叩《たた》き気持ちを入れ替えてから、久しぶりに心からの笑みを掲げた。

「俺じゃ初代陛下に勝てないらしい。クリス、一緒に死ぬ気で戦ってほしい」

「勿論《もちろん》です。アイン様と一緒に死ねるなら上等ですよ」

「あの、死ぬ気ってのは覚悟の話だからね？　……諦めてるわけじゃないからね？」

「知ってますーっ！　私はこう思ってるって話ですよ！」

「そりゃよかった。頼もしいよ、すごくね」

気が付けば全身の痛みが和らいでいた。

どうせやせ我慢だろ、アインはそう自嘲《じちょう》してみるくらいの余裕を取り戻している。

「作戦はどうしますか？」

「死力を尽くして初代陛下に一泡吹かせる、ってとこかな」

「つまり無策が策ってことですね。細かいことを考えないで済みそうなので、逆に戦いやすいかもしれません」

ここでアインが作り出した氷が砕け散った。

剣を掲げたジェイルが現れて、しかし佇《たたず》んで攻撃を待っている。

「行きます」

今度はクリスが先に駆けていく。

少しぐらい策を考えるべきだっただろうか、というアインの想《おも》いは杞憂《きゆう》に終わる。

(動きやすいな)

求めた道をクリスが譲り、アインが剣を振ると同時に彼女がジェイルを錯乱させていく。一切のやり取りがなくともこの連携で、微《かす》かなストレスも生じない。

「ッ……クリス!」

アインがジェイルの剣戟を受け止める。

今回は対抗せず、力を流すようにだ。

「はいッ!」

一瞬の隙を見逃さないクリスが声を昂《たかぶ》らせ、レイピアを突き立てる。

彼女はアインより遅い。

しかし、磨かれてきた体技は彼に勝り、速さ以上の身のこなしで風のようだ。

縦横無尽。流麗、飄々《ひょうひょう》。

二人の剣戟は優雅なダンスを見ているようだ。

時にジェイルの剣がどちらかの柔肌を斬りつけるが、そんなのは覚悟の上。

命を投げ出した彼らには些細《ささい》なことで、髪の毛一本の差だろうと、躱《かわ》せたことで士気が高まっていくだけだ。

『………』

ジェイルは静かに剣を振る。

元より、話す内容は突飛すぎて分からなかったし、静かでもアインは気にならなかった。

「くるぞ」

アインが声を上げてからすぐ、ジェイルの足元から業火が上がる。

氷龍の冷気では抑えきれぬ熱気、業火。

しかしここにクリスの風が加われば。それも、業火が舞い上がる直前、まだ勢いがつく前なら十分に対処が可能だった。

初代国王ジェイル。

紛れもない英雄を前にして、二人は更に加速する。

軽鎧に、そして服に。

髪の毛まで届き、とうとう彼の肌にクリスのレイピアが届いた。

「今です……アイン様ァッ！」

最高のタイミングで最高の構え、もうこれ以上ない一撃を放てると確信した。

これなら、最低でも差し違えられるはずだ。


『光だ』


二人の身体が急に重さを感じて膝《ひざ》をつく。

空間が歪《ゆが》み、遥《はる》か上空から降り注ぐ光の雪。

何かどうしようもなく、万象を滅することだけが目的の力が自分たちに向けられていた。

(ク……リス……ッ!)

声が出せなかった。

強烈な耳鳴りがしてくる。呼吸ができない。

その中でも、アインはほぼ無意識のうちに幻想の手を出してクリスを引っ張った。何か言いたげな彼女を無理やり胸元に収め、幻想の手で自分たちを覆い尽くす。

『闇《やみ》に劣る無力な光だ』

世界から音が消え去った。

光の雪。

その中でもひと際大きな光球が床に降り立つと共に、大気が悲鳴を上げる。

絶望的なまでの破壊力が轟音《ごうおん》と共に衝撃波を生む。

アインはひたすら耐えることに必死だった。

「くっ……あぁ……ぐぅ……ッ!」

歯を食いしばり、限界まで魔力を全身へ送りつづけた。

この衝撃が終わった時――――。

(凌《しの》げたのか)

もう本当に起き上がれそうになかった。限界だ。

それでも胸元にいるクリスへ目を向けると。

「あははっ……す、すごかったですね……」

目を閉じて、アインの熱に身体《からだ》を委ねる彼女が居た。

これが呑気《のんき》だなんて思えない。

彼女なりの気遣いだとアインは知っていたし、身体が損傷していたのは知っていた。

「でも耐えきったんだ」

「――――」

いつの間にか目を閉じて、クリスは何も言わなくなった。

「……クリス？」

外傷らしい外傷は見当たらない。握っていた手は微《かす》かに脈があったし、身体が限界を迎えて意識を手放したのだろう。

「寝づらいと思うけど、少しだけ待ってて」

アインはクリスを寝かせてから立ち上がった。

「お母様から教えてもらっておいて良かった」

それから、地面から木の根を生み出す。何もないところから無理やり、石畳を貫いて。

根をこうして生み出したのはこれがはじめてだった。今なら本能的にそれが出来る気がして、クリスを守るために彼女を囲んだのだ。

王都で、オリビアと一緒の時には出せなかったから不安だったが。

きっと今は相応の強い気持ちがあったから、だから出せた。

『助けられない。弱ければ私と同じなんだ』

壊れた自動人形とでも称すればよいか。

初代国王ジェイルの言葉が、アインの心を強く不快に揺さぶった。

「驕《おご》るなよ、英雄王」


不敬極まる言葉を言い放つと、黒剣を天高く掲げた。

ジェイルが纏《まと》う白銀と対照的である漆黒の魔力を帯びて。

しかし恐らく黒剣の限界が近かった。

アイン自身の魔力に耐えきれず、軋《きし》む音が収まらない。

(ごめん、マルコ。もう止まれないんだ)

でも、彼ならここで折れることを許さない。根拠はないが断定できた。

「貴方が望むように、俺は魔王の力に溺《おぼ》れてやる」

口にした後。

喉《のど》が渇き、言い表せないほどの飢えに襲われた。

「貴方を越える、今すぐにだ」

この戦場から離れた場所。

振り向き、この建物を出たところに広がる回廊で。

数多《あまた》に並ぶ魔石から光球が浮き出る。

魔石から漏れだした力が目視できるほど凝縮されることにより、非現実的な景色《けしき》を作り出していく。

光球は一斉に飛び交って、アインを取り囲む。

古き時代の戦士たちの力が魔王であるアインの身体へと溶け込んでいった。

………これなら戦える。

英雄王に相対するに値する者としての活力を取り戻し。

飢えもいつしか収まって、気分だって悪くなかった。

「行くぞ」

アインは一瞬で距離を詰める。

全身に滾《たぎ》る回復したばかりの活力は僅《わず》かでも残すつもりは無い。余力を残すなんてとんでもない話だ。そんなことをすれば待ち受ける結末は敗北であろうから。

背後を取ることは考えない。

真正面から漆黒のオーラを向け、相対するジェイルの白銀の光へと肉薄した。

すると、ジェイルが笑ったような気がする。

「ゼァァアッッ！」

漆黒の剣戟はつづく。

「ハァッ！」

息をつく暇も無く、ジェイルの白銀を剥《は》いでいく。

こうしていると脆《もろ》くなっていくように見える。動きも鈍く、段々と速度でも勝っていく。

『待ちわびた』

「まだ、まだだッ！」

『夜は好きだ。希望に満ちた朝を運ぶから』

「もう倒れろッ――――倒れろッ！」

『闇もそうだ。光をより濃く、すべてを照らす道筋とする』

ジェイルの脈絡のない言葉には反応せず、アインは心の内で焦りを抱いた。

まだか、まだ足りていないのか？

英雄王に土を付けるために、これ以上の力が必要なのか？

…………諦めるな。

絞り出せ、まだ他にも使える力はないか？

刹那《せつな》の攻防の中で、必死に思考を繰り返す。

…………そうだ。

力ならある、もう一つだけ。

使い方が分からなくて、実際に行使できた機会は今までに一度だけ。海龍が出現した際に城を発《た》つために、ロイドを拘束するために使った『大魔導』の力が。

今でも使い方がはっきりしていない。

それでも、何が出来るのかはあの絵の中で見られた。

「まばたき一回分でも、十分だ」

目にもとまらぬ一瞬でも、この戦いにおいては特に強力。

手を伸ばして。

英雄王に大魔導が通じることを祈り。

「――――ッ」

予想以上に魔力を消費したせいで視界が揺れた。

だが結果は――――祈りが通じた。

腕に、脚に。

ジェイルの四肢が何もないところから現れた紫紺の鎖に縛られて、動きが止まった。

通常であれば、拘束魔法は魔物の素材を用いた装備があれば怖くない。

ただし、エルダーリッチが用いるそれは普通ではないようだ。アインの力と相まってか、あの初代国王ジェイルにすら効果を発揮した。

「アアアアアァァッ！」

この一瞬が欲しかった。

どうせあの拘束は解ける、そんなのは分かっている。

でもこの一瞬があれば。

…………剣が届く！

ガラスが砕け散るのとよく似た音が響き渡り、ジェイルを封じていた鎖が彼の力によって引き千切られる。

ただもう遅い。

この隙にアインが振り下ろす黒剣へ反応が間に合うはずがない。

剣閃《けんせん》がついに、英雄王の肩口に届いた。

「ぐぅッ……まだだッ！　終わってないぞッ！」

反撃にアインもまた傷を負ったものの、怯《ひる》まず。

「ハァアッ！」

視界の揺れに耐え、幾度となくジェイルの身体《からだ》を拘束し。

一撃、また一撃と着実に攻撃をつづけた。

少しずつ、ジェイルの光が弱まっていくのを感じる。心なしか、彼の剣筋に対しても十分な反応が出来るようになってきた。

しかし。

『────光だ』

あの攻撃が来る。

絶望的なまでに神聖で、有無を言わさず浄化せんとするあの攻撃が。

光の雪が舞い散りだすも、前回よりも濃い。

更なる魔力が込められていることは想像に難くない。

「はぁ……はぁ……ッ……」

今度は防げるだろうか。

仮に防げても、後ろで休ませているクリスは────。

「させない」

距離を詰め、ジェイルに剣を向けると。

『刮目《かつもく》しろ』

光の雪があっという間に、相対するジェイルの剣に溶け込んでいく。

『これが姉上を討った罪深い剣だ』

狙《ねら》いはアインただ一人だけだったのだ。

つまり、攻撃も先ほどと違う。

魔王必滅の一振りが、ジェイルの必殺の一撃がアインを狙《ねら》いすます。

……どう考えても絶望的な力を前にしていたのに、意外にもアインは冷静さを保ち、鋭い剣筋へ向けた集中を途切れさせなかった。

刹那の攻防の合間に手を頭上にかざし。

「――――」

もう一つ、自分が知る大魔導の力を行使する。

放たれた魔法を破壊するなんて、どうなるのか全く想像もつかなかった。だが行使してすぐ、舞い降りていた光の粒に異変が起きる。

瞬く間に光の粒子となり、恐れるべき力が感じられなくなっていったのだ。

降り注ぐ粒子はまるでダイヤモンドダスト。

煌《きら》めいて、二人の戦いに幕を下ろさんとする啓示のよう。

「勝つのは……俺だ」

アインは言葉とは裏腹に防御の構え。

目にもとまらぬ突きが襲い掛かったのは間もなくで、防御に徹したアインの身体ごと、人知を超越した膂力《りょりょく》で圧力がかけられて。

アインの胸元を狙った剣先が、黒剣によって受け止められた。

歯を食いしばって、全身の血液という血液を滾らせる。

筋肉は火傷《やけど》しそうなほど熱を持ち、圧力に耐えきるための力を生み出した。

アインが纏う魔力が少しずつ消し去られる。

黒剣も軋みを上げて、限界がそう遠くないことを知らせた。

「もう一度言います」

仮にジェイルが消耗していなかったらどうだったか。

言葉にしたくなかったが、結果は恐らく負けていた。

「勝つのは……」

だから、消耗していたならば真逆の結果で。

「俺だ――――ッ！」

この鬩《せめ》ぎ合いが膠着状態《こうちゃくじょうたい》に陥ってすぐ。

アインは最後の力を振り絞って幻想の手を生み出して、ジェイルの剣を横から強打。ついに明らかに体勢を崩したジェイルへ。

トンッ――――と。

身体をぶつけて、彼の身体に黒剣を突き立てたのだ。

やがてジェイルの身体が透けていく。

光の屈折とかではなく、比喩《ひゆ》でもない。

『…………』

ジェイルは自分の胸元を見てから、満足した表情を浮かべて。

『――――頼んだよ』


今までの戦いが嘘《うそ》のようにあっさりと。

最期に穏やかな声を残して、身体が蜃気楼《しんきろう》のように消え去った。残されたのは彼が振っていた剣だけで、彼の手を離れてからは石畳に落ちて突き刺さる。

「ハッ、ハッ……ハァ……ハァ……！」

座り込んだアインは呼吸を整えるので精いっぱいだった。

黒剣は握力の限界により手を放し、石畳にジェイルの剣と同じように突き立てる。それを見ると悲惨な姿で目を背けたくなった。刃こぼれだけに留《とど》まらず、いつの間にか砕け散る寸前だ。

横に縦にと亀裂が入り、今まで折れないでいたことが奇跡に思えてくる。

これでは、いくら名匠ムートンでも直せるかどうか……。

考えていると身体から力が抜けていき、大の字に倒れ込んだ。

すると。

「……え？」

ジェイルが残した剣が光の粒になって宙を漂い、黒剣に纏わりつく。

亀裂に入り込み、柄《つか》を包み、持ち手を覆った。

剣身にあったはずの亀裂が消え、漆黒がより濃く磨かれた。

いつしか光の粒が消えると、現れた姿はジェイルの剣そのものだ。黒剣の名残《なごり》もあり、全体が黒いままではあるが、外観は確かにあの剣に変わってしまっている。

「訳が分からない」

だが新たな力を得たのかもしれない。あれが初代国王のなんだったのかは分からないが、所縁のある何かではあるはずだ。

さて――――そろそろ立とう。

アインは新たな姿になった黒剣に手を伸ばし、杖《つえ》のように重心を預ける。

向かう先はクリスを包んだ木の根だ。

近づいてから黒剣を振って木の根を斬り裂くと、中にいた彼女を見て胸を撫《な》で下《お》ろす。

良かった、傷はない。何とか力を振り絞って身体《からだ》を抱き上げ、木の根に囲まれた暗がりから外に連れ出す。

その後でクリスを膝《ひざ》の上に寝かせた。

「扉はまだ開いてない」

ジェイルを倒したら開くと思っていたのだが、その様子は皆無だ。

「これからどうしよ……あれ、揺れてる」

次の手を考えていると、それは前触れもなく起こった。

壁が割れてステンドグラスが砕け散っていく。柱も壁も、そして石畳にも亀裂が入ると強烈な揺れがアインを襲う。

足が石畳に接地している感覚が消え、浮遊感が押し寄せた。

辺りが崩壊していく。

宙に投げ出されそうになるのを幻想の手を使い残っていた地面で必死に耐え、クリスを背負ってしがみつく。

見下ろすと広がるのは空の上ではない。

下に待っているのは白く眩《まばゆ》い光の渦で、大陸イシュタルも空も広がってはいなかった。

落ちていく瓦礫《がれき》が光に触れて瞬く間に塵《ちり》と化していくのが分かる。

……あれは聖域の力の塊かもしれない。

すべてを浄化する破魔の力の奔流であると予想した。これが間違いでないのなら、いくら聖なる力であろうと飲み込まれたくない。

二人は魔石を身体に宿しているし、下手《へた》をすれば……と考えてしまう。

変哲もない瓦礫ですら塵となったのだから、絶対に避けたかった。

……落ちてたまるか。

ここまで来て、そんなのは認めない。

「待ってて、すぐに外に連れてくからさ」

昏睡《こんすい》する彼女に優しく声をかけ、身体に何度目か分からない鞭《むち》を打つ。

鉛のように重い上に痛みもある。

素直に言うことを聞かない脚をしかりつけるより前に、ただ黙々と駆けていく。


――――扉は開いていたし、外の道も崩れながらも残されていた。

跳び、しがみつき、上層への道を辿《たど》る。

アインが進むにつれて、追いかけるように辺りが崩壊していく一方だ。

（階段さえ残っていれば）

それなら外に出られるはずだ。

体力の限界は考えず、クリスを外へ連れ出せたらどうなってもいいとだけ願う。

だと言うのに。

足元はどうしてもおぼつかなくて、否が応でも限界が近いことを理解させられる。

いくつ通り過ぎたか分からない扉の後、上へつづく階段の中央で。

「ッ────」

ついに踏み外し、前のめりに倒れ込む。

両腕の踏ん張りはほぼ利かない。

「まだ……まだだ！　動けるだろ、アインッ！」

迫る崩壊から這《は》いずりながら逃げていく。

しかし崩れた天井が足を強打。無防備な身体に鋭い痛みが奔《はし》り、残されていた活力を意地悪くも奪ってしまう。

ああ、瞼《まぶた》が重い。

唇を強く噛《か》んで耐えるが、身体を動かせたのは微々たるもの。

「くっ……」

片腕を目いっぱい伸ばして階段を掴《つか》んだが、もう顔を上げられなかった。

もう駄目なのか？

諦《あきら》めかけたその刹那《せつな》────。

『さぁ』

階段の上から、聞き覚えがあるような声が注がれる。

埃《ほこり》で汚れ、血と汗が付着したアインの手が何者かの手に包まれた。

『もう少しよ』

貴女《あなた》は――――。

顔を上げたアインの視界には誰《だれ》もいない。

幻聴だったのかと思い周囲を見渡すと、居た。

「待って！　貴女は……ッ！」

階段の先を進む一人の女性が居た。

見たこともない白銀のドレスを身に纏《まと》った小柄な女性だ。蒼玉色《サファイア》を銀に乗せた髪の毛を靡《なび》かせて、上へ上へ誘っているようだった。

アインは彼女の背を眺め、自然と立ち上がって足を動かす。

動かしてみると、さっきまでが嘘《うそ》のように活力を宿していた。

………分からない。

分からないが、進むしかない。

勢いよく駆け上がって彼女を追ったが、どうしてもその背中に追いつけなかった。

近づけば離れて、遠ざかると近くに居るように見えて。

不可思議な現象の中でも、外へ近づいている感覚は高まりつづけた。

やがて。

「あと少しだ……ッ！」

最初に見た絵画が並ぶところまでたどり着いて、久しぶりに頬《ほお》が緩んだ。

彼女は外への扉の前に立っていて、もうすぐ手が届きそう。

「俺たちを助けてくれた貴女はッ！」

そして、振り返った。

『いってらっしゃい』

靡く前髪が顔の大部分を隠していたが、ここにはいないはずの彼女とよく似た口元を見せつけられる。

驚くアインが目を見開くも、彼女は霧のように消えてしまった。

…………彼女はいったい。

考えてしまうが、すぐにハッとして駆け出した。

押し寄せる崩壊から逃げ出せたのは、飲み込まれる寸前だ。


何とか外に出たところで、ようやく迫り来る脅威から逃げ切れる。

淡い期待を抱いて階段を上るも。

外は期待に反して灰色の世界が広がっていた。遠目に見えるエルフの家々は祠に入る前と同じ白黒で、色が戻っていないことは明らか。

「はぁっ……はぁっ……」

助かった。でも意味がなかったのか？

多くの感情に苛《さいな》まれたが背負ったままのクリスを見る。

良かった、寝ているだけだ。

アインは呼吸を整えながら彼女を寝かせ、自分は剣を杖にして体勢を整え、少し歩いて辺りの様子を一望して、願うように想《おも》った。

赤狐《あかぎつね》だって倒してみせる。

空を見上げて、許しを請うように。

強い決意を改めて心に宿した。

不意に、決意に応《こた》えるように黒剣が光を漏らす。ジェイルが纏っていたのと同じ白銀が辺りを照らした。

アインは光に気が付いて天高く掲げる。

――どんなことだって成し遂げてみせる。このイシュタリカのためになるのなら、俺はどんなことだってやる。

ふと、ひと際強い閃光《せんこう》が発せられた。

――だからッ！

黒剣が纏う白銀の光は、ジェイルのそれと比べて大差がない。

――もう、元に戻ってくれッ！

逆手に構えた黒剣が石畳に突き立てられる。

アインを中心に白銀の光が天高く穿《うが》つ光芒《こうぼう》を成し、稲光を纏って弾け飛ぶ。光は水面に落ちた一筋の雫《しずく》のように揺れ、眩い波紋が数度、地平線の彼方まで駆けていく。

すると。

滝を流れる水は瑞々《みずみず》しくも多くを反射する。

青々とした樹《き》の緑も。

空を覆う紺碧《こんぺき》も。

耳に届く水の音や木々のさざめきもこの世界へ帰還する。

そして、すぐ傍で眠るクリスの肌は滑らかな白磁を、髪の毛は黄金を取り戻した。

「ははっ……もう、全部よく分かんないや」

聖域まで色づいたことだって。

剣を突き立てたことで光が生じて、元通りになったことの意味もさっぱりだ。

でも、細かいことは抜きにして。

「────ほんっと、限界」

きっとシス・ミルは元通りになっている。

今すぐにでも確認したかったが、言葉の通り限界だ。

アインは最後にクリスの下へ戻ると、彼女を守るように隣に座り、そのまま意識を手放したのだった。

月夜の下で

「殿下ッ！　殿下ッ！」

次に目を覚ました時、アインの枕元で騒ぎ立てる女性の声がした。

朧《おぼろ》げにしか働かない頭を動かして声のした方を見る。

「シエラ？」

「殿下、大丈夫ですか⁉　どうかそのままで、今すぐにお婆様《ばあ》を呼んでまいりますッ！」

彼女はアインの返事を待たず、勢いよく扉を開けて外に出て行ってしまう。

よく見たら、ここはクリスの家である。借りていたセレスの寝室で、窓の外はもう暗くて夜だと分かった。そして色があった。聖域の外が元通りになっていた。

分からないのはどうして寝ていたのかということ。

もう一つ、シエラは何で慌てていたのかだ。

「身体《からだ》が何ともない」

ベッドの上で身体を起こすと痛みがあったはずなのに本調子だ。

最近でも珍しいくらい軽く感じる。

「殿下……！　ああ、殿下……お目覚めになられたのですね……ッ」

長《おさ》が鬼気迫る表情でやってきた。

アインの傍《そば》にやってきて、強く安堵《あんど》して息を吐く。

「何があったんですか。俺はどうしてここに」

「殿下はクリスティーナさんと共に、泉のほとりに倒れておいでだったのです。朝起きて、すぐにシエラがお二人を見つけたのですよ」

倒れたのは祠《ほこら》のはずなのに、おかしな話だ。

（まぁ、変な話ってのは今更か）

不思議なことなら今日だけでたくさん経験したし、そのうちの一つだと思えばいいだけのこと。

「長、俺とクリスが倒れてからどれぐらいの時間が過ぎたんでしょうか」

「およそ半日でございます。覚えておいででしょうか、今日は昼食を共にしてから、先日の話のつづきをするとお約束をいただいておりました」

時系列は理解できたが、不思議だった。

シス・ミルの異変に気が付いたのは目を覚ましてすぐの朝だ。その後で何時間もかけて森を引き返したし、祠の中も苦労して探索したはずだ。だったら半日以上の時間が過ぎているはず。なのに意識を失った自分たちが発見されたのは朝である。

丸一日以上の昏睡を経たのなら分かるが。

だが現状、まるで異変の最中は時間が進んでいなかったと言わんばかりの様子が気になった。

「そうだ、クリスはッ！」

「クリスティーナさんは自分の部屋に。怪我《けが》もしていません。やがて目を覚ますでしょう」

それを聞いたアインは天井を見上げて目を閉じた。

良かった、何ともない。

状況は分からないが、今はこれだけで十分だったのだ。

「シエラ、私は殿下に聞かねばならないことがあります」

退室してくれと暗に言うと、シエラはすぐに部屋を出た。

「お聞かせください。お二人はどうして泉で倒れていたのですか」

「……分かりません」

ただ、その前のことは覚えている。

「俺とクリスが目を覚ましたら、シス・ミル全体が聖域の中みたいに色が消えていました。異変の理由が祠にあると思って、俺たちは祠に行ったんです」

「――――まさか、扉を開けられたのですか？」

「ええ、昨日《きのう》、俺とクリスで開けることが出来たんです」

「そう……でしたか」

「長」

「語らずとも結構です。……初代陛下のお力を目の当たりにされたのですね」

やはり、長は祠について知っていた。

アインはつづきを急《せ》かさずベッドを立ち、壁に立てかけられていた黒剣を見る。

「祠は私と、そして初代陛下が造り上げた場所なのです」

「初代陛下と所縁《ゆかり》がある地だって予想してました。まさか、長が一緒に造った場所だなんて思いもしませんでしたが」

「こう見えて私は、自然に作用させる魔法が得意なのですよ」

長が思い出しながら言う。

「造り上げたのは大戦がはじまる以前です。当時のシス・ミルは多くの魔物が跋扈《ばっこ》していた地で、我らエルフ以外の異人もまた脅威に晒《さら》されておりました。初代陛下が心を痛め、聖域を作ることにしたのです」

曰《いわ》く、聖域は魔道具のようなものであるそうだ。

ジェイルが持っていた力を付与した建物が祠であった。

「祠の封印を解く鍵《かぎ》は二つです」

と、長が指を立てる。

「一つは初代陛下の血を受け継ぐ者が居ること。そしてもう一つは――――」

ここで長がアインの目を見た。

逃すまいという強い意志と、寄り添おうとする優しさを内包させた瞳《ひとみ》で。

「アーシェ陛下と同じ力を持つ者が必要なのです」

柱の謎がようやく解けた。白と黒、これらが意味していたのは二つのイシュタリカだ。

(つまり、俺がクリスの方の柱を光らせられなかったのは)

魔王の力が優先されたからかもしれない。

長は明らかにアインが魔王であることに気が付いていたが。

「殿下は何も語らずともよいのです」

何も明言させず、自分もそれ以上は一言も尋ねようとはしない。

「……長」

「とあるお方が仰《おっしゃ》っていました。闇夜《やみよ》は朝を運ぶ使者であると。眩《まばゆ》い朝日を迎えるため、すべてを包み込める優しい闇が必要なのだと」

「その言葉は」

戦いの最中、ジェイルが口にしていた言葉じゃないか。

「長、どうして聖域の外まで聖域のようになってしまったんですか。俺とクリスが初代陛下と戦った後で何故《なぜ》元に戻ったのかも、何が目的でこうなったのかも全く分からないんです」

言わばあの怪奇はなぜ引き起こされたのか、これが疑問だった。

二人が祠の扉を開けたことについて、長は封印を解くと表現した。

では変化のきっかけは祠の扉にあるはずだが。

「私も詳しくは知らないのです。大戦後に陛下がお一人で祠に足を運び、何かなさっていたことは覚えています。私がそれを聞かされることはありませんでした。私は陛下のようにお一人で封印を解くことが出来なかったので、調べることも敵《かな》わなかったのです」

――――長はですが、とつづけた。

「やがて来る脅威のため、力を残してきたと仰っておりました」

アインはハッとして黒剣を手に取る。迷わず鞘《さや》から抜き去って、以前と変わった剣の姿を月明かりに照らす。

長もまた剣を見て、驚きに目を見開いた。

紛れもなく、彼女が知る初代国王ジェイルの剣と瓜二《うりふた》つだったからだ。

「きっと異変とやらも、殿下に力を渡すための試練だったのではないでしょうか」

「……長、俺をシス・ミルに呼んだのってもしかして」

初代国王ジェイルが残した力を与えるためでもあったのか、と。

長は何も答えようとしない。

穏やかに微笑《ほほえ》んで、否とも諾《う》とも言わなかった。

「なるほど」

とはいえそれが答えのようなものだ。

最後にアインは、残された疑問を尋ねる。

「俺とクリスは初代陛下と戦いました。アンデッドでなければ本人でもなかった気がします。あれは一体何だったんでしょう」

「初代陛下が遺《のこ》された意思と魔力————すべてが剣に宿り、試練を与える存在として生まれた幻想、あるいは守護者であったと思われます。ご自身の剣の力を渡すため、祠の奥で待っていたのかもしれません」

「言われてみたらそんな気がしてきました」

何て厳しい試練だっただろう。こう思うと同時に、残滓ではないジェイルはどれだけ強かったのかと笑いがこみ上げてきた。

「そうだ！　聖域の力は……ッ！」

「ご安心ください。シス・ミルは聖なる力に包まれたままでございます。しかし、祠の扉が開くことは二度とないでしょう」

長はアインが倒れている間に足を運んだそうだ。

祠へ登って、扉があったはずの場所に行った。

だが扉は左右に開くはずの境目が消え、一枚の岩のように変貌《へんぼう》していたらしく、これまでとは違った様子を見せたという。

アインは聖域の力は保てていると知りほっと胸を撫《な》で下《お》ろす。

つづけて、ジェイルとの戦いを回想して。

（……初代陛下を越えるなんて、まだまだ早い話だったってことだ）

仮に試練ではなく、命の奪い合いであったのなら。

この先を考えることは止《や》めておいたのだった。

◇◇◇

リビングの時計《とけい》を確認すると、時刻は深夜二時をまわったところだった。

長と話してから、アインはクリスが起きるのを彼女の部屋で待っていたのだが、彼女は一向に目覚める様子がなかった。

その時のアインは険しい表情を浮かべていた。彼がクリスを心配するのは当然だが、シエラは気分転換でもしてきたらどうかと提案する。アインも目を覚ましたクリスにそんな顔は見せたくなかったからシエラの提案を受け入れる。

――外は深呼吸をするだけでも身体《からだ》が洗われるようだった。

森の香り。涼しい風が火照った身体を冷やしていくのが気持ちいい。

夜の散歩なんて数えるぐらいしか経験が無いが、王太子の自分がすると、悪いことをしているような気分に浸れて悪くない。

やがてアインは泉のほとりに到着すると、近くにあった岩に腰を下ろした。

（お腹空《なかす》いたな）

起きてから割と多めの夕食を食べたのに。腹は膨れている気がするものの、空腹感がどうにも満たされなかった。少しゆっくりしたら帰って、また腹ごしらえをしよう。

なんてことのないことを考えてから空を見上げた。

空は王都の夜に比べて星が近く見える。

数分、あるいは十数分はそのまま夜空を見ていただろうか。


ふと――――サァッ、と一陣の風が吹いた。

岩の上で黄昏《たそがれ》ていたアインは目を閉じ、背後から近づく足音に耳を澄ます。

月明かりがアインを照らし、泉に彼の影を映し出した。

夜風が吹き樹《き》を揺らし葉が擦《こす》れ合う音は、名のある楽団の重奏のよう。泉に落ちた葉が波紋を生み、泉に棲《す》む魚が宙に跳ねた音が辺りに響く。

「アイン様」

鈴を転がしたような声が届くと、泉にもう一人分の影が映る。

「もう大丈夫なの？」

「はい。もう一度戦うことだってできますよ」

「ははっ……それは勘弁してほしいかも」

すると、隣に彼女が腰を下ろした。

いきなりアインの手を握ると、月明かりにかざす。

「不思議ですね」

「ん？」

「あんなにたくさん怪我《けが》をしたのに、私たちはこうして無傷です。死ぬかもしれないって思っていたのに、夢だったのかもしれないって思っちゃいます」

「夢じゃないよ、それだけはハッキリしてる」

アインはそう言って腰に携えていた黒剣を抜いた。

「ほら、クリスも見覚えがあるでしょ」

彼女は黒剣を見て驚き、何があったのか説明を求めた。

けれどアインは首を横に振り、後でゆっくり話そうと言ってこの場を収める。

「長から聞いた話もあるから、帰りの水列車で話そうよ」

「む……おあずけが長すぎませんか？」

「おあずけって、ご褒美じゃあるまいし」

「そうだ、ご褒美です！　私、たくさん頑張りましたよ！」

普段はこんなことを言わないクリスが、妙に積極的に褒美をねだる。非日常的すぎる経験をしたせいかもしれない。何故《なぜ》かいつもより大胆で、肝が据わっているようだ。

アインが笑っていたところ、トンッ、と音を立ててクリスが立ち上がった。

とてもラフな格好をしていた。クリスは青いデニムをはき上には白いシャツを着ていた。ボタンを二つくらい外して、袖《そで》をまくった姿が健康的な美を醸し出していた。

「ご褒美って何が欲しいの？」

「実は欲しいものってあまりないんですよね」

「……なんでねだったのさ」

「あははー……あ、でも一緒にしてほしいことならありますよ！」

アインの目の前を軽快な足取りで歩きながら。

金糸の髪を月明かりの下に揺らし、端麗な微笑を湛《たた》えて振り向いた。

「ここの水って浴びると気持ちいいですよ」

「なるほど、そうきたか」

彼の返事を聞き、クリスはデニムの裾《すそ》をまくった。

つづけて履いていた靴を脱ぎ捨てる。

白い脚を水につけたところで、ヒヤッとした感触に浸り口角を上げる。

「水遊びなら得意だよ」

「初耳ですけど、どこで得意になったんです？」

「いや俺もはじめて言ったけど、手数の多さなら負けない気がする」

「……幻想の手はズルですよ」

「どうしてバレたんだ――――って、うわっ……クリス!?」

不意に顔に掛かった冷たい水に慌てると、一足先に泉に足を踏み入れていたクリスは楽しそうに笑い声を上げる。

「あははは、油断大敵ですね」

この歳《とし》になって。

それもあんなことがあった後に水遊びをするなんて思いもしなかったが、極度の緊張から解放されたからか、これも心地よかった。

とりあえず反撃だ。

アインが泉に足を踏み入れ、大袈裟《おおげさ》な動きで水を掬《すく》って放り投げる。

「きゃっ……よ、容赦ないですね！　それじゃ私も！」

と、クリスが反撃しようとした刹那《せつな》。

ふらっと体勢が崩れ、泉に倒れ込んでいく。

こんな遊びをしてるなら濡《ぬ》れるのは今更だ。しかし、アインはほぼ反射的に手を伸ばして、クリスのことを支えたものの、水の中で足元がおぼつかない。

二人の場所が一回、二回と入れ替わった末に、二人は泉に倒れ込んでしまう。

「先に倒れそうになったんだし、これはクリスの負けだよね」

しゃがみこんで、目の前にクリスを受け止めたアイン。

胸元に顔を埋《うず》めてしまった彼女の身体が小刻みに震え、顔を上げる様子がない。

「クリス？」

声をかけても変わらなくて、逆にアインを掴《つか》む手に力が籠《こ》められた。

「────です」

霞《かす》む声で何かを言った。

月の女神と、今一度、称するべきであろう。

泉に広げられた金糸の髪が水に濡れ、アインの腕にも絡みついた。決して離れようとしない姿は彼女自身の心のようでもあり、凛《りん》としながらも、心細さを内包している。

「────怖かったです」

吐露された弱々しい感情がアインの胸を打つ。

もう大丈夫だよ。

そっと声に出して、彼女の震える手に自分の手を重ねた。

「目が覚めたらアイン様が居なくて、シエラの前で泣いちゃいました。外にいるって聞いたからすぐに着替えて走って来たんです」

それは悪いことをしたと思う。

クリスの心細さが極まっていたのは容易に想像できた。

「もう少しだけ、このままでいてもいいですか？」

「勿論《もちろん》、気が済むまで」

嗚咽《おえつ》が水の音に混じって聞こえてくる。

アインはクリスの頭に手を添え、月を見上げて目を閉じて。

（本当に、あれが試練でよかった）

胸元で震える月の女神の心が癒えるまで、自身の体温を彼女へ伝えつづけた。

動乱の前に

魔法都市にそびえ立つ摩天楼――――叡智《えいち》ノ塔。

その最上層にて。

風に白衣を靡《なび》かせて、月に掲げた魔石を見つめる一人の男。

「あぁぁ……父よ！　愛《いと》しの父よォッ！」

全身を歓喜に震わせながら。

瞳《ひとみ》に映した魔石を蕩《とろ》けた表情で見て、心の内には強い高揚感を宿していた。

すると不意に――――。

ひと際強い風が吹き、白衣の内側から何かを攫《さら》ってしまう。

闇夜《やみよ》に晒《さら》されたそれはなんてことのないカードであり、ここ叡智ノ塔に入るための身分証である。

書かれているのは彼の名前、オズという短い言葉。

「もうすぐ私の悲願が叶《かな》うのですッ！　慌ててはならない……そう！　殿下をあの女のようにしてはならないッ！　出来損ないにしてはならないのですッ！」

そうだ、駄作はいらない。

古き時代のこと、数百年も昔のことを思い出して自身を戒める。

不意に星明かりが魔石に反射した。

彼はそれを見てニタァ、と笑みを零《こぼ》す。

「父よ、貴方《あなた》もそう思われるのですね」

うっとりとして魔石に頬ずり。

口を開け、舌を伸ばして何度も舐《な》めた。

味なんてない。

けれど彼にとってこれ以上ない甘美が全身を駆け巡り、舌を動かすたびに胸が高鳴り、腰が砕けそうになるくらいだ。

「私は同じ失敗は繰り返しません」

絶対に成し遂げるのだと、目を伏せて吐息を漏らす。

前触れなしに膝《ひざ》を折り、祈るような姿勢で魔石を胸に抱いて。

「もう、ほんの少しの辛抱です」

それは決して遠くない未来であると。

歪《いびつ》な欲求が叶う日を待ち焦がれ。

遠く離れた海の向こう側……ハイムの方角を見て呟《つぶや》いた。

◇　◇　◇

オズの視線の遥《はる》か先。夜の静けさに包まれたハイム王都。

その近郊にある川の岸辺に、髪飾りを揺らして歩く一人の少女がいた。物静かに水面《みなも》を眺め、手《て》

持《も》ち無沙汰《ぶさた》な様子で。

ふと――――背後から聞こえてきた草を踏む音。

「久しぶりね、エド」

彼女が振り返らずに言うと、喜びを内包した声色で返事が届く。

「お久しぶりでございます。あぁ……今の貴女様《あなた》は以前と同じくお美しい……」

「前にも言ったけど、今の名前はシャノンよ」

シャノン・ブルーノと言えば、次期ラウンドハート家当主、グリント・ラウンドハートの許婚《いいなずけ》だ。

片やエドと呼ばれた男。

本名はエドワードと言い、大将軍ローガスに勝る武芸者である。

「私のことはちゃんとシャノンって呼びなさい」

「これは……失礼」

「分かったならいいわ、それじゃ、ここで話を聞かせてくれるかしら」

彼女は適当な芝生の上に座り込んで膝を抱いた。

「エウロから来るのは疲れた？」

「いいえ、今は幸せな感情しかございません」

エドワードは座ったシャノンの後ろ髪をさすりながら、白い歯を見せて頬《ほお》を緩ませる。

香りも嗅《か》がせてほしい。

身体をくの字に折って顔を近づけるが、彼女はつれない。

面倒くさそうにため息を吐《つ》いて、エドワードから距離を取ってしまう。

「それで、背負っている革袋は何？」

「こちらは土産《みやげ》と言うべきものでございます」

そう言ってエドワードは革袋を自分の目の前に置く。

「中身だけ教えて」

「アムール公の下を離れる前に、手ごろなエウロ貴族の頭をいくつか取って参りました。いかがでしょう」

「ふぅん、そう」

「お気に召しませんでしたか？」

興味のなさそうなそっけない返事を聞き、エドワードは初恋の人を相手に話すかのように、緊張した様子で問う。

正直、この手土産には自信があった。

隣に座るシャノンが褒めてくれると思っていたのだ。

「私が頼んでない首じゃない。必要ないわ」

「ち、違うのです！　どうせなら、貴女様のためにすべてを派手にしたい！　そうすることで貴女様はもっと輝けるッ！　私はそう思い……ッ」

「私はシャノンだって言ったでしょ。聞き分けの悪い子は嫌いよ」

「……申し訳ありません。シャノン様」

「もういいわよ。貴方の武が錆《さ》びついていないことが分かったから、今回は許してあげる」

「お、お褒めに与《あずか》り光栄で――――ッ」

「でも、そんな貴方でも負けることがあったのよね」

エドワードは喜ぼうとしたのだが、今の言葉で笑みが凍り付いた。

「黒騎士の副団長には一度も勝てなかったでしょ。私たちがあの大陸を去る時だって、わずかな時間稼ぎしか出来ず、必死の形相で私の下まで帰って来たものね」

もしも他の誰かが今の言葉を口にしていたならば、エドワードは間違いなく殺していた。

だが、相手がシャノンだから許せるのだ。

敬愛して止まず、すべてを愛しているシャノンであるからこそ、笑みを繕うことにだって耐えられたのだ。

「……次は必ずあの鎧《よろい》野郎を殺します」

「無理ね、彼も私の影響を受けているはずよ。崩壊した精神で彷徨《さまよ》っているか、自分で命を絶っているでしょうね」

シャノンはこれを笑いながら語った。

対照的にエドワードは歯ぎしりを起こすほど苛立《いらだ》って、忘れたい話が一秒でも早く終わることを願っていた。気に入らない話だということもそうだ。加えて、シャノンの口から語られることが、何にも比べられない恥辱だった。

「では生きていたら、と」

「くだらない戦いになるわ。今なら貴方が勝てるに決まってるもの。仮に生きていても、彼がどれぐらい弱体化してると思う？」

「……シャノン様の影響を受けているならば、全盛期の数割程度でしょう」

「でしょうね。貴方がそんな相手に勝って気持ち良くなれるなら……好きにしたら」

「では、もう忘れた方がよろしいのですか」

諦《あきら》めたようにエドワードが言うと。

「それが正解ね」

シャノンはくすっと笑みを零《こぼ》し、気だるげに立ち上がった。それを見たエドワードがシャノンを支えようと手を差し伸べるも、乾いた音を上げて弾《はじ》かれる。

「今の私は許婚が居るの。だからごめんなさい」

するとエドワードは「嫉妬《しっと》してしまいます」と短く言って、口調とは裏腹に、瞳《ひとみ》に殺意を宿した。

ただ、この感情に苛《さいな》まれたのもつかの間のこと。思い出したようにシャノンが話題を変え、彼の複雑な感情を抑える。

「貴族の家なら小さな子供もいたでしょ」

彼女は目の前の革袋を見て言った。

「子供、嫌いじゃなかった？」

「確かに私は子供が嫌いでしたが、耐性がついたのですよ」

「ふぅん、どうして？」

待ってましたと言わんばかりに笑うエドワード。

「冒険者時代にはエウロを離れ、イシュタリカに戻ったことがありました。その時にイストという都市で二人の子を。姉妹を儲《もう》けたことがございます」

だが、その生活に飽きたのでエウロに戻ったのだと。

「ひどい人」

「もうあの役は終わったのです。もう家族でもなんでもありません。アレらも好きに生きているでしょうし」

「相変わらず、演じるためには何でも犠牲にするのね」

彼がどうしてこんな人格に育ったのかはシャノンも分からない。

しかしながら彼は忠実だ。任せた仕事は何でもこなしてきたし、多少、性格に難があっても可愛《かわい》らしいくらいだ。

「先日も見事な手際だったそうね」

「お褒めに与り光栄です」

「お城も大変らしいわ。まぁ王子が暗殺されたんだもの、当たり前よね」

「楽な仕事でございました。お役に立てたようで何よりです。――――っと、そろそろ行かねばなりません。また近いうちに参ります」

エドワードはいらないと言われた革袋を残して暗闇《くらやみ》に姿を晦《くら》ました。

隣から漂う腐った肉と鮮血の香りを意にも介さず、シャノンは年相応の少女らしい可憐《かれん》な笑みを浮かべて、上機嫌に夜空を見上げる。

「あっ、あの子が訪ねてくるんだった。私もすぐに帰らないと。ふふっ、コンコンって甘えてあげたら喜んでくれるかしら」

無邪気に笑って立ち上がった。

わざとなのか、それとも故意なのかは分からないが、彼女はエドワードが置いていった革袋を見て深くため息を漏らした。

煩わしさに眉《まゆ》をひそめて、短く冷淡に「食べなさい」と呟《つぶや》く。

すると地中から現れた何本もの黒い触手が革袋を掴《つか》み取る。そのまま地中に引きずり込んだのを見て、シャノンは濃艶《のうえん》に微笑《ほほえ》んだ。

◇　◇　◇

所変わって未《いま》だ騒動収まらぬハイム城内、エレナの執務室。

足を運んでいたのは彼女の夫ハーレイと、第三王子ティグルである。

夜、窓の外に広がる景色《けしき》も普段であれば一層静けさに包まれていたはずだが、今は各所に備えられた松明《たいまつ》の灯《あか》りが風に揺れて、不穏。

景色に倣うかの如《ごと》く、第三王子の低い声。

「ハーレイよ」

神妙な面持ちのティグルが手を差し伸べる。

「お前も私と共にエウロへ行くぞ。今のハイムにいるよりはその方が安全であろう」

「いいえ、私は王都に残ります」

「なっ、何故《なぜ》だッ！」

「妻とも話しましたが、今は共に動くこともまた危険を伴いましょう。我ら三人に加え、我が息子まで連れては目立ちすぎます。我が国に潜む虫に気が付かれては、殿下にも新たな凶禍が舞い込むかもしれません」

「しかし」

「ご安心ください、私はアウグスト家の当主です。妻には劣る器と専らの評判ですが、そう簡単に隙を見せるほど愚かではございませぬ」

こんなときに言う冗談ではない。

だがハーレイもエレナも、顔を見合わせて笑みを零した。全幅の信頼を寄せた夫婦の絆《きずな》を前にティグルはつい、額に手を当ててため息を漏らす。

「馬鹿を言うな。何なら国外に逃げてくれてもいいのだぞ」

「それこそなりませんぞ」

「ああ……そうだったな。ローガスが挙兵した今では、その方が危険だったか」

余計な疑いを掛けられることも必至だ。

故に今はただ静かに、潜むように波に逆らわずにいた方がいい。

「夫は家を守ってくれるそうです」

「お前たちは肝が据わりすぎているな。私は自分が弱虫に思えてきたぞ」

「とんでもございません。私も夫も、心の底では恐れを抱いておりますよ」

「……そうか、では我らは仲間と言うわけだ」

ティグルは最後に高笑いしてから外套《がいとう》を羽織った。

「皆の武運を祈るとしよう。そして私は今までのように愚か者を演じるとする」

扉に向かい、外に出たところで不穏な城内の空気に舌打ちをした。

雄々しい足取りのままに目指す先は謁見《えっけん》の間だ。一人、エレナだけを連れ添って歩く彼の表情は怒気に覆われていて、冷静さは垣間見《かいまみ》えない。

だが、これも演技だった。


謁見の間にたどり着き、今も棺桶《かんおけ》に縋《すが》る父を見て距離を詰める。

大股《おおまた》で遠慮のない足取りだった。

「父上、私は我慢なりません」

「……急にそのようなことを申して、どうしたのだ」

「私も剣を取りましょう。兄上を殺した者を探すため、私も騎士と共に王都を発《た》ちます」

「ば、馬鹿を申すなッ！」

直情的なティグルらしい振る舞いには、誰一人として違和感を抱かなかった。

そして頃合《ころあ》いを見計らってエレナが口を開く。

「なりません！　殿下はこの城内にいらっしゃるべきです！」

「そうだ、エレナが言う通りであるぞ！　外に出ては危なかろう！　また我が子が凶刃に倒れる姿なんぞ見たくもないッ！」

するとティグルはエレナの方を向いた。

「貴様は兄上が殺されたことをどうとも思わぬのかッ⁉」

「そのようなことは……私も心を痛めております」

「はっ！　保身に走るとは下らん！」

軽く手を叩《たた》くと、ティグルの騎士が近づいてくる。

「殿下ッ！」

「牢屋《ろうや》に連れていけ、このような女はハイムに仕える価値がない」

さすがに、周囲の者たちもそれはいけないと制止しようと手を伸ばしたが。

「私に挽回《ばんかい》の機会をお与えくださいどうか！」

「ほう、ならば私と共に剣を取る覚悟をせよ。女だから出来ぬと言うならば、その首今すぐにでも斬り裂いてやるぞ」

怒気を巻き散らすティグルは冗談を言ったように見えない。

いつの間にかガーランドも身体《からだ》を震わせ、兄のために戦うと言ったティグルに感涙していた。

「おおエレナよ、我が子ティグルに力を貸すのだ」

とうとう絆《ほだ》されて、後押しをする始末だ。

「……私で役に立つのならば、喜んで剣を取りましょう」

その声を聞いてふっと笑うティグル。

「よく言った！　貴様の首を斬るのはやめにしてやろう！　さぁ、すぐに支度をせよ！　一秒でも早く王都を発つぞッ！」

その後は誰かが異を唱えるより先に謁見の間を出て行った。

実際は追ってこられないか心臓が強く鼓動してたし、違和感はなかったかと不安でたまらなかったが、何とか人気《ひとけ》がないところまで心の内を隠し、演じられた怒気を露《あらわ》にする。

人気のない場所について表情を崩したのは数分後のことだ。

「もしもハイムが滅亡したときには、役者でも目指してみるさ」

「お止《や》めください。そのようなことにはなりません」

いい気分のしない冗談を聞かされて、エレナは若干冷たく言い放った。

ティグルは今ほど強い勇気を持った経験はない。

自分が進んでこんな行動を起こすことになるなんて夢にも思わなかった。

しかし行かねばならないのだ。

――――いざ、エウロへと。

エピローグ

水列車が線路を進む音が聞こえてくる。乗っているのが王家専用水列車と違うため、いつも以上にその騒々しさが耳を刺す。

……………あっという間だったな。

今回の旅も色々なことがあったが、今思うと一瞬のように過ぎ去った。

アインはソファに座って車窓に広がる田園風景を眺めながら、シス・ミルを出る直前のことを思い出す。

◇◇◇

――――確か早朝だった。

「昼食を共にしつつお伝えしようと思っていたことです」

と、クリスの家にいたアインを訪ねた長《おさ》が言ったのだ。

「殿下にお話しした通り、私は書庫を探しました。ですがヴィルフリート様の本以上の情報が見当たらなかったのです。改めてこれを謝罪したく存じます。――――ただ、初代国王がしばしば口にしていた言葉を思い出しました」

ジェイルは「赤狐《あかぎつね》の狙《ねら》いは俺だ。俺を恨んでいるんだ」と、こう口にしていたそうだ。

「崩壊した別邸の地下室にも、同じことが書いてある日記がありました」

「あの地下室に、ですか」

長は目を白黒させて驚いていた。

しかし地下室に初代国王の日記があったことに驚いているようではない。彼女の言い方は、まるで、アインが地下室を開けたことに驚いているように聞こえた。

すると彼女は懐を漁《あさ》り、アインとの距離を詰める。

「どうか殿下がお持ちください」

懐から取り出したものは上質な絹に包まれていた。受け取ったアインが怪訝《けげん》そうに布を開くと、現れたのは淡い蒼《あお》の宝玉である。

魔力を感じたことで魔石だと断定できる。美しさはこれまで見てきた魔石と比較できない。一切の不純物はなく色合いが均等。陽光を浴びて鮮やかな蒼を反射する様子がアインの瞳を釘付《くぎづ》けにして離さなかった。

「あ、あれ」

意図せず魔石の力が身体《からだ》にしみ込んでくる。どうしてか分からない。不意に一筋の涙が流れて、自然と魔石を握る手に力が籠《こ》められた。

アインはその涙を長に見られないようすぐに拭《ぬぐ》う。

「それはラビオラ妃の魔石です。生前のラビオラ様に頼まれた私が今日まで傍《そば》に置いておりました」

……………本当に俺が持っていていいのか。

……旧魔王領の、旧王都の墓地に持っていくべきではないか。

「初代陛下の試練を乗り越えた殿下こそが持つべきでしょう。さぁ、どうぞお持ちください」

逡巡《しゅんじゅん》したアインに微笑みかけた長は最後に頭を下げて彼の前を立ち去っていく。クリスティーナさんと仲良くしてください、こう言い残して。

アインは長のことを見送ってから、手に持ったラビオラの魔石をもう一度見つめる。間もなくステータスカードのことを思い出し、懐から取り出して眺めた。

「相変わらず数字は——《棒線》ばっかりだ」

視線を巡らせて次に見た文字を見て、絶句する。

アイン・フォン・イシュタリカ
【ジョブ】　魔王、——、——
【体　力】　——
【魔　力】　——
【攻撃力】　——
【防御力】　——
【敏捷《びんしょう》性】　——
【スキル】　魔王／眷属《けんぞく》／暗黒騎士／大魔導／海流／濃霧／毒素分解ＥＸ／吸収／修練の賜物《たまもの》／氷龍／弱体化

不思議なのはジョブか。

棒線がひかれていてからっきし見当がつかない。

でもスキルは分かる。

「弱体化……弱体化かー」

十中八九、ラビオラの魔石を吸ったことで追加されたスキルだろう。

だが一言に弱体化といってもイメージが難しい。

だったら使ってみればいいと、心の中で弱体化の名を強く意識してみた。

間もなく身体の節々に重さを感じてしまう。

身体が重くなって、頭が痛くなってきた。

「自分を弱体化させるのか……駄目じゃん」

妖精《ようせい》に数えられるピクシーが身を隠すために使うスキルかもしれない。本来なら影が薄くなり、自然に溶け込めるような力があった可能性がある。

小柄なピクシーならいざ知らず、普通の人形《ひとがた》のアインが使うには荷が重い。

こう、仮定付けることとした。

いずれにせよ、役立てる方法が見つからなそうだ。

「アイン様ー！　お帰りの支度は出来ましたかー！」

「ごめん！　今からする！」

昨夜のうちにしておけと言われたら言い訳はできない。

しかしクリスがそれを指摘しないのは、最近は色々なことが重なってしまったからだ。身体の疲れは十分とれていても、気力というか精神面で本調子じゃない。

だから、これはきっと甘えなのだ。

「よし」

帰り支度をしよう。

床に置いていた空の鞄《かばん》を見て、重い腰をあげたのだった。

◇◇◇

今回の旅も有意義だった。

ヴェルンシュタインについて詳しく聞けたことも喜ぶべきだろう。

アインが窓の外から車内に視線を戻すと。

「何か考えていたの？」

いつからか隣にいたクローネがアインを見上げていた。

「シス・ミルでもいろんなことがあったなーってだけだよ」

「楽しかったみたいね、良かった」

まだ、聖域の件は告げていない。

これはシルヴァードに報告してからの方がよいと判断したからこそで、クリスもまた、アインの頼みを聞いて何一つとして語っていない。

「初代陛下の言葉は気になるわね。赤狐の長以外にも気を付けないと……」

つまり、このくらいしか告げていない。

ヴェルンシュタインの話をするなんてもっての外で、あの話だけはシルヴァードにも言わないつもりだ。

剣の外見が変わってしまったことは、いずれ言わなければならないだろうが……。

――――ふと、ジーッと彼女を見つめてしまう。

「なーに？」

照れることもなく小首を傾《かし》げた姿が佳麗さを際立てた。

「変なことを聞くかもしれない」

前置きをしてから。

「クローネって、シス・ミルに来てた？」

「…………」

「あの、急に黙られると――――あ、ちょっと⁉」

何も言わないクローネがアインの手を強く引いて、彼の顔を自分に近づけた。

吐息も、まばたきの回数だって数えられそう。

ほぼゼロ距離のところから、二人の額がぴったりとくっついた。

「熱はないみたい」

「ないって！　どうして急にそんなことを――――」

「急なのはアインよ。……私がシス・ミルに行くはずがないじゃない。ずーっとお爺様《じい》のお手伝いをしてたんだから」

額は離れたがまだ近い。

トンッ、と後ろから押されたら唇がくっついてしまうぐらいだ。

こうしていると、ハイムとの会談のとき、あの島で口づけを交わしそうになったことを思い出してしまう。

クローネもきっとそうだ。

「理由があってさ」

と、アインはそのままの距離で。

「何かシス・ミルでクローネに会った気がしたんだ」

あれは祠《ほこら》を出るときだ。

力を貸してくれた女性とクローネはよく似ている。

声も、そして微《かす》かに見えた口元も。

「…………私と？」

「ああ、だから半分冗談で聞いてみたんだよ」

あんなところで会うはずがない。

だから本当に冗談交じりだ。

「アイン、もしかして」

意味深に、クローネは俯《うつむ》いて勿体《もったい》付ける。

だけど、顔を上げたときに話は変わる。

彼女は嬉《うれ》しそうに頬《ほお》を赤らめて、くすっとお姉さんぶって。

「私が居なくて寂しかったの?」

「…………ん?」

「その、だから幻覚でも見ていたのかしらって思って……」

アインは黙りこくる。

いや、確かにその考えはゼロではないのかもしれない。自分は本当に寂しくて幻覚を見てしまったのだろうかと、それは違うと答えるに足る自信がなかった。

「ねぇ！　静かにならなくてもいいじゃない！　私だって寂しかったのに……もう！」

仮にクローネの幻覚だとしても、あのとき着ていたドレスの説明がつかない。

しかしながら。

「ごめん、クローネの予想があってたのかも」

誰《だれ》にも答えは分からないし、これ以上考えるのは無意味かもしれない。

「多分、俺も寂しかったのかも」

「もう……間を置くなんて意地悪よ」

「考えてただけだってば」

手を伸ばして彼女の頭を撫《な》でさすれば、仕方なさそうに笑みを零《こぼ》す。

こうしているだけでも心地《ここち》良かった。

◇　◇　◇

更に時間が過ぎて、アインを乗せた水列車が王都にたどり着いた。

久しぶりにやってきた王都はもう夜で、ホワイトローズ駅は帰宅途中の大人や子供たちで大いに賑《にぎ》わう。

王家専用水列車で帰ったわけではないので、普通のホームに降りたアイン。

それでも貴族向けの車両だったたし、周囲の人通りは多くない。

「――――もう一度お願いしたいんだけど、みんなには内緒にしといて」

水列車を降りたばかりのアインが小さな声で言った。

それを聞いたクリスは笑みを繕ってから、何とも言えない様子で「誰にも言えませんよ」とアインに返す。

内緒と言うのは、黒剣のことや、他には長から聞いた初代国王の試練のことだ。

先にシルヴァードへ伝えてから皆にも知らせるつもりだったが、クリスとはシス・ミルに居た頃《ころ》の約束もあり、ここだけの話として告げてある。

「何も聞かなかったことにしておきますね」

「折角聞いたのに？」

「わ、私の身に余る重要な話だったもので……あはは……」

この締まらなさが自分たちらしい。

これも悪くないさと、アインが歩き出したところで気が付いた。

すぐ近くに、近衛《このえ》騎士を多く連れたウォーレンが居た。

明らかに厳戒態勢である。

アインを見つけるとすぐに足を進め、傍に立った。

「ご無事で何よりでした。すぐに城へ参りましょう」

今回の旅は秘密裏に動いていたのに、ここにきていきなり大袈裟《おおげさ》な動き。

戸惑ったアインだが、すぐにウォーレンを連れて歩きだす。

「何かあったんだね」

そのはずだ。

明らかに、間違いなく。

「ええ、私としても想像していなかったことです」

声にはいつもの穏やかさがない。

「教えて」

アインが短く言えば、ウォーレンもまた簡潔に。

「由々しき事態となりました。ハイムがロックダムへと宣戦布告したようです」


話を聞いたとき、自分はどんな顔をしていただろう。

確かに覚えていたのは、無意識に唇をきゅっと結んで、縋《すが》るように伸ばした手で黒剣を強く握りしめたことだけだった。

あとがき

著者の結城涼《ゆうきりよう》です。六巻をお手に取ってくださりありがとうございました。

今回は四巻の時と同じくコミックスと同月発売となりました。まだの方は是非、コミックス二巻の方もご覧ください。菅原《すがわら》先生、いつも素敵なお話を描いてくださりありがとうございます……！


さて、つづく原作七巻ですが、少年期のアインにとっての佳境へ突入して参ります。ついに他国へと宣戦布告したハイムと暗躍する赤狐《あかぎつね》たち。初代国王の試練を乗り越えたアインを新たな物語が待ち受けています。動き出すイシュタリカ艦隊も、そしてロイドが率いる軍勢の活躍も――。

世界中を巻き込んだ動乱とアインの新たな戦いを、どうぞよろしくお願い致します。


最後となりましたが、六巻に携わってくださった皆様へお礼をしたく存じます。

今回も成瀬《なるせ》先生には素敵なアインたちを描いていただきまして感謝に堪えません。またお二人の担当編集さん、製本に携わってくださった皆様のおかげで、六巻を発売することができました。

そして六巻をお手に取ってくださった皆様、本当に本当にありがとうございました。

七巻でまたお会いできることを願い、六巻のご挨拶《あいさつ》とさせていただきます。これからの『魔石グルメ』も、そして結城涼をどうぞよろしくお願い致します。

カドカワBOOKS

魔石《ませき》グルメ　6
魔物《まもの》の力《ちから》を食《た》べたオレは最強《さいきょう》！

2020年6月10日　初版発行

著者／結城涼《ゆうきりょう》

発行者／三坂泰二

発行／株式会社KADOKAWA

〒102-8177
東京都千代田区富士見2-13-3
電話／0570-002-301（ナビダイヤル）

編集／カドカワBOOKS編集部

印刷所／大日本印刷

製本所／大日本印刷

ISBN 978-4-04-073675-4 C0093